Sonya
ソーニャ文庫

諦観《ていかん》の皇帝は密偵宮女を寵愛する

最賀すみれ

イースト・プレス

contents

プロローグ

遠く城壁の彼方が燃えている。うっすらと炎に照らされる夜空を、璃々《りり》は胸が締めつけられるような不安と共に眺めた。

城下が燃えているのだ。家屋や商店を呑《の》み込んでいるであろう大火は、歩いて一刻ほどの距離をはさんでもはっきりと視認できる。が、それも他人事ではない。

風に煽《あお》られ流れてきた煙のせいで、視界は灰色の紗《しゃ》がかかったように曇っている。

初めは遠かった騒乱も次第に宮城へ迫り、いまや中にまで入り込んできていた。ひっきりなしに上がる兵士の雄叫びや、逃げまどう官吏たちの悲鳴は、耳に届くたびに近づいてくる。ここまでやってくるのも時間の問題だろう。

がらんとした、人気のない後宮の通りを璃々は走った。

元より歴代の皇帝に比べて妃嬪《ひひん》の数は少ない。その少ない宮女や妃嬪の大多数も、叛乱《はんらん》軍《ぐん》が攻め込んでくる前にほぼ全員逃げている。後宮を警備する宦官《かんがん》も同じだった。皇帝自身がそうせよと命じたためだ。

しばらくすると、外廷と後宮とを隔てる門の破られる音が聞こえてきた。

璃々はびくりとする。暴徒がついに後宮にまで踏み込んできたのだ。

走る璃々を追うようにして、兵士たちの怒声や足音が迫ってくる。後宮はひとつの街にも匹敵するほど広大であるというのに、加えて煙で視界が悪いにもかかわらず、彼らは迷う様子もなく皇帝の座所である陽慶殿《ようけいでん》へまっすぐに近づいてくる。

「獅苑《しえん》様！」

璃々は近道を通り、暴徒よりも早く陽慶殿に戻った。

宮殿の玄関には人影がひとつ立っている。こんな事態だというのに武具のひとつもまとわず、典雅な袍衣《ほうい》姿で来るべき時を泰然と待ち構えている。皇帝の証たる黄丹の袍《ほう》だ。

すらりと背が高い細身の影に、璃々は走りながら訴えた。

「獅苑様、敵が……叛乱軍が、すぐそこまで……っ」

来ています、という声を呑み込む。

「────」

獅苑がひどく険しい顔つきをしていたためだ。女と見まごう美しい細面には明らかな怒気がにじんでいた。

いつも穏やかな彼のこんな顔は初めて見る。

「獅苑様……？」

「どこに行っていたの？」

きつい声音に、璃々はもごもごと応じた。

「様子を見に……そこまで……」

獅苑は怒った顔のまま、こちらに手を差し出してきた。璃々がその手を取ると、ぐいと引っ張られ、広い胸に抱きしめられる――強く、強く抱きしめられる。

「もう二度と会えないかと思った……。こんな時に焦らせないで」

切ないささやきが、安堵《あんど》の吐息と共に鼓膜にふれた。

ふわりと立ちのぼる蘭麝《らんじゃ》の香りを、璃々は胸いっぱいに吸い込む。

「……申し訳ありません」

「少し目を離した隙にいなくなってしまうなんて困った子だな……」

そう言い、彼は小さく震える璃々の背中をなだめるようにさすってきた。

こんな時だというのに、獅苑は落ち着いている。璃々のようにみっともなく動揺してはいなかった。

（しっかりしなければ――）

他の妃嬪たちにも頼まれている。許しを得て逃げる際、彼女たちは璃々に言い置いていったのだ。

『これまでずっと、国の贄《にえ》となるために生きてこられた方。たとえその時を迎えるのだとしても、きっとおつらいことでしょう。お願いだからおまえは、できる限りお傍にいてさしあげて』

あんなに悲運な人はいないと口をそろえ、最後まで獅苑を心配しながら去っていった。そんな彼女たちのためにも、自分がしっかり彼を支えなければ。

深く抱きしめてくる腕の中で、璃々は振り仰いだ。

「獅苑様、逃げてください。今ならまだ間に合います。どうか逃げてください……！」

「それはできない」

穏やかに、しかしきっぱりと彼は首を横に振る。いつもそうだ。優しくて、どんなことも譲ってくれるのに、この件に関してだけは決して折れない。

璃々は必死に絹の長袍《ちょうほう》をつかんで揺さぶった。

「できます！　わたしが案内しますから……！」

「できないんだ、璃々。将棋で言えば、私は王将。ここを動くことはできない」

目を細めて璃々を見下ろし、彼は静かに言い諭してくる。

「できます……っ」

璃々の目に涙がにじんだ。くやしい。自分に腹が立つ。彼の心を変えるだけの力を持たない現実に絶望するしかない。

ひとまわり年上の彼は、いつだって璃々の手に余る。決して思い通りにならない。

なのに――それなのに、彼はとても優しい。

「ごめんよ」

獅苑は、涙を流す璃々の顔に口づけてきた。額に、眦《まなじり》に、鼻の頭に。自分の頑なな決意が璃々を傷つけることを悔い、慈雨のような口づけをくり返す。璃々は彼にしがみつき、苦しくも甘やかな最後の時間に浸る。

その時、ついに粗野な雄叫びと共に叛乱兵の一団が姿を現した。彼らは禁色である黄袍《おうほう》を身につけた獅苑を指さして怒鳴る。

「いたぞ！　皇帝だ！」

「捕まえろ！」

号令に従い、いっせいに飛びかかってきた兵士たちに荒々しく腕をつかまれ、璃々は無理やり獅苑から引き離された。

「いや！　放して！」

激しく身をよじって抗ったものの、腕をつかむ力はびくともしない。璃々はたやすく脇へ追いやられ、目の前で獅苑が捕縛されていく。彼は一切抵抗しなかった。

「やめて！　彼は何もしていない！」

必死になって暴挙を制止しようとするも、何重もの兵士の壁に阻まれて近づくことすらできない。視界を遮る薄汚れた胴甲《どうこう》を、璃々は力いっぱいたたいた。

「その人は悪くない！」

いったい彼が何をしたというのか。閉じ込められ、名前を悪用されただけ。そのことを自覚し、責任を取ろうとしている——ただそれだけの人だというのに！

しかしもちろん叛乱軍の兵士たちは聞く耳を持たない。払いのけられた璃々は、後ろに倒れて尻もちをついた。その目の前で誰かが声を上げる。

「首を刎《は》ねろ！」

「そうだ！　首を斬れ！」

口々にそう叫び、兵士たちは縛り上げた獅苑を宮殿の前庭に引き立てていく。玉砂利を踏みしめる多くの足音がおそろしく不吉に響く。

「獅苑様!!」

璃々の必死の呼びかけに、獅苑は肩越しに振り向いた。穏やかな目でうなずく。大丈夫だから。目をつぶっておいで――そんな声の聞こえそうな眼差しに、堪《こら》えていた涙がついにあふれ出す。

「獅苑様……!!」

（わかっていたのに……！　結局、何もできなかった……！）

こうなることは予測できていた。その未来を回避しようと何百通も文をしたためた。だがそれだけでは足りなかった。やはり璃々は彼と別れるべきだった。獅苑がどれほど反対しようと、彼のもとから離れるべきだったのだ。

だが、そんな後悔ももう遅い。

破壊と死を飲み込む炎が、ついには後宮にまで届き始める。黒い煙がもうもうと立ち込め、ますます視界を悪くする。そんな中で璃々はなおも叫び続ける。

炎と煙、外廷から聞こえてくる断末魔の悲鳴と、勝利に猛る叛乱兵の咆哮《ほうこう》が、ただひとつの名前を呼ぶ璃々の叫び声をかき消し、地面に座り込むしかない無力さをあざ笑うように世界を満たした。

第一章

皇都春安《しゅんあん》はその名にふさわしく春を迎えようとしていた。

近隣諸国の中でも群を抜いて広大な国土の中央にあり、例年は温暖な気候に恵まれる。しかしここ数年は冷え込みが厳しく、春先と言えどまだまだ肌寒い。さすがに雪は消えたものの、日が落ちれば厚手の綿入れなしに外を歩くのは困難。屋内にいてもできる限り火鉢の傍に貼りついて過ごすものだ。

床に敷かれた絨毯《じゅうたん》の上にひれ伏しながら、璃々は小さく震えていた。

光沢のある絹の寝衣をまとい、その下に内衣《したぎ》をつけただけの姿である。床炉《ところ》のおかげで部屋の中は暖かいにしても、衣服としてはあまりに薄い。

が、璃々が震えているのは寒さのせいではなかった。まったく心の準備をしていなかったにもかかわらず、突然我が身に起きた珍事のせいだ。

（こ、こんなことになるなんて、聞いてない……！）

なぜなら璃々は、まさに本日ここにやってきたばかり。

ここ――春安の奥に広がる皇帝の宮城の、そのまた奥に配置された後宮。佳麗三千人とも謳《うた》われる、国中から集められた選りすぐりの美女たちが、日々皇帝の寵を競って暮らす花園である。

そんな場所に、まだ十四歳――それも発育が悪く十二、三歳にしか見えないと言われる璃々がやってきたのは、後宮の主役たる妃嬪に仕える宮女の、さらに下で働く下女として。炊事洗濯掃除その他のためだけに招き入れられたはずだった。

皇都から遠く離れた地方の山中で育った身ゆえ体力と健康にだけは自信があるが、取り柄と言えばそのくらい。美しさはもちろん、色気や淑やかさといった、あらゆる女らしさと無縁である。それどころか丸い頬といい、くりくりとした愛嬌《あいきょう》のある大きな目といい、あどけなさ以外の要素が見当たらない。簡単に結って簪《かんざし》で留めただけの髪は、実のところ日に焼けてぱさぱさだったのを、椿油を塗りこめて何とか烏の濡れ羽色に見せているだけだった。

新しい下女として集まった少女たちの中でも、特に目立つところはなかったはずだ。

（それが一体全体なぜこんなことに……!?）

何度目かわからない叫びを心の中で迸《ほとばし》らせる。

後宮の楼門をくぐった後、璃々は他の新入りたちと共に下女の暮らす宿舎に向かった。宿舎はどうやら宦官の職場である尚書部の近くにあるようで、その途中、たまたま宦官の一団が通りがかった。

新入りたちを率いていた宮女はかしこまって道の端に寄り、恭しく拱手《きょうしゅ》した。皆がそれに倣う。璃々はといえば、初めて見る宦官が気になって、拱手しながらつい顔を上げてしまった。と、その中のひとりとたまたま目が合った。さらにたまたまその相手が、後宮を束ねる内侍省の内侍監だった。

それが運命の分かれ道となった。

己の好奇心を呪うしかない。

璃々はその場で呼び止められ、新入りの中でただひとり別の場所に連れていかれた。そこで湯浴みをさせられ、簡素な短衫《うわぎ》と裙《スカート》に着替えさせられ、髪を結われた。

旅の埃《ほこり》を落としてこざっぱりとした璃々を見て、初老の宦官は「ふむ」とうなる。

「これはいけるやもしれん……。これ、おまえ、月のものはあるか？」

「――――……」

単刀直入すぎる問いに璃々はあ然とした。しかしひたすら事務的な彼の口ぶりと、真剣な眼差しに気圧され、無言で首を縦に振る。

内侍監は「よし！」と力強くうなずいた。

「よいか。今宵、おまえに大事な役目を言いつける」

「お役目……？」

「世の中には幼女にしか興味のない者もいるというからのぅ。今上がそういった趣味をお持ちかどうかは定かでないが、試してみてもよかろう」

「――――……!?」

後宮が、皇帝を慰め子供を作るための場所だということくらい知っている。そして今の皇帝が無類の女好きだということも。毎日のようにちがう女に手を出す皇帝は、後宮中の宮女を抱いたとも言われ、日々新たな女を求めていると巷にまで広まっている。しかしまさか自分がいきなり共寝を要求されるなどとは思ってもみなかった。

(子供ならそんな危険もないって聞いていたのに……！)

が、新入りの下女に言いつけを拒む権利などない。

その後、別の宮殿に連れていかれた璃々は、あれよあれよという間に美しい衣裳に着替えさせられ、複雑な形に髪を結われ、金の簪で飾られ、化粧まで施されて、皇帝が来るまでそこにひれ伏して待っていろと、寝室に送り込まれた。

それから数刻。もう夜も遅い時間になろうとしているというのに、皇帝はまだやってこない。

（帰りたい……！）

心からそう思う。今からでも逃げ出せないかと何度も考えた。だがそのたびに考えを打ち消した。

できるはずがない。璃々には、ここでやらなければならないことがある。大事な役目を負ってやってきたのだから。何があろうと耐えて、しばらくここで暮らすしかないのだ。

（いじめやつらい仕事に耐える覚悟はしてきたつもりだけど……、こんなことは想定外すぎて……、しかも相手はあの今上帝って……）

その場を動かず、じっとひれ伏したまま、璃々はただ緊張と不安に震えて耐える。

現皇帝・胡獅苑《こしえん》は、わがまま放題の子供がそのまま大人になったような人物と言われている。まだ少年の時分に即位して以来、己の権力を強化することにのみ腐心し、自らの地位を守るために幼い異母弟を殺したとも噂されている。

だが政治には関心がなく、朝政を佞臣《ねいしん》のほしいままにさせて恥じない無能者でもあった。各地で飢饉《ききん》や疫病が蔓延しているというのに、何の対策もとらずに放置している。結果、重い税に耐えられず田畑を手放す者も多く、難民が都市に押し寄せて治安を悪くしているが、それに対しては聞くも無惨な罰則をもって押さえつけている。

璃々が都に来るまでにも、やせ細った難民たちが、窃盗の罪で片腕を斬り落とされている場面を目撃した。

一方で皇都の宮城は豪華絢爛《ごうかけんらん》のひと言に尽きる。ことに後宮は、まるで天上のごとく豊かな楽園であり、皇帝は天女とみまごう美女に囲まれ、夜ごと盛大な宴に興じているという。

璃々はまだ一部しか目にしていないが、それでも建物の壮麗さに圧倒された。

（噂は真実のようね……）

床に敷かれた、精緻な幾何学模様が織り出された舶来の絨毯を見つめる。

まず寝室そのものが、寝るためだけに使われると思えないほど広い。絨毯は、その広い部屋のほとんどを覆うほどに大きかった。そっと目線を動かして入口のほうを見れば、美しく浮彫の施された紫檀の棚と、見事な透かし彫りの衝立が目に入る。どちらも庶民にはついぞ縁のない、見るからに高価な調度である。しかし何より驚かされるのは寝台だった。ぬれたような光沢を放つ黒檀の天蓋がついており、ちょっとした小部屋のような造りである。その寝台自体、五人くらいが同時に横になることができそうな広さがある。

寝室だけでこれほど贅《ぜい》が尽くされているのだとすれば、宮殿全体がどれだけ立派なのか想像に難くない。

（今上帝は冷酷無情、華美を好む享楽的な漁色家。それから何だっけ……）

精力を保つため、怪しげな薬物に溺れているとも聞いた。耳にするのは、どこを切り取っても希望のない評判ばかり。

（歳は若いと聞いたけど……。やっぱり毎日お腹いっぱい食べて、太っているのかしら……）

ぶよぶよと肥えたカエルのような姿絵を見たことがある。両足と長い舌で、餓鬼のように痩せた人間を丸呑みしていたあれは、見つかれば処罰を免れない風刺画だった。

その太ったカエルに、今から気色悪いことをされるのだ。

（皇帝なんか怖くない）

うわべだけへつらって、心の中では軽蔑する。この国の多くの民と同じように、なるべく早い死を祈るだけ。だが――それと、これから起きることは違う。

（知らない人に裸にされるなんて……）

具体的なことはわからないが、それでもカエルに身体をさわられると想像するだけで吐き気がする。

内侍監は何もかも相手にまかせればいいと言っていたが、我慢して大人しくしていられるだろうか？　そちらのほうが自信ない……。

鬱々と考えていると、ふいにどこかから人の声と足音が聞こえた。それは少しずつこちらへ近づいてくる。

（来た……！）

思わず全身がこわばる。緊張する。それに怖い。どうしたってかたかたと震えてしまう。

敷物の上にひれ伏したまま、ぎゅっと目をつぶった時、すぐ近くで声がした。

「ここでいい。おさがり」

「は。おやすみなさいませ。――あぁ、そうそう、内侍監がまた贈り物を用意されたそうです」

「また？」

「陛下の好みの女性《にょしょう》を見つけようと躍起になられているようで」

「まったく……」

そんなやり取りの後、ひとりが退いていく気配がした。残ったひとりは、寝室の入口に置かれた衝立を越えてやってくる。璃々は喉が干上がる思いで硬直する。

衣擦れの音と、ゆったりとした足音が近づいてきて、璃々の目の前で止まった。

「面をおあげ」

降ってきた声は、ひどく投げやりだった。だが冷たいものでもなかった。

璃々は不安を押し殺し、ゆっくりと顔を上げていく。まずは美しく刺繍の施された履物が目に入る。次に見事な絹織りである朱色の裳《も》、さらに上に行くと、玉をにぎる龍が刺繍された濃紺の袍服。予想とは異なり、太っているどころか、男性にしてはむしろ細いくらいだ。

そして――最後に目にしたものに、璃々は思わず息を飲んだ。

そこにいたのは、ひどく見目のいい青年だった。どこかで見た、という思いが脳裏をかすめる。しかしその印象はすぐに拭い去られた。そんなはずはない。こんなに美しい青年を見るのは初めてだ。

色白の細面は目元涼しく端正で、眦には匂うような色香がにじんでいる。漆黒の髪も、一部を銀の笄《こうがい》で頭上にまとめているほかは肩に流れている。長い黒髪を夜の灯りに妖しく艶めかせる様はまるで女のようだが、背丈は女よりもはるかに高く、肩幅もがっしりとしていた。何より男物の袍を身につけている。

こちらを見下ろす眼差しは、穏やかでありながら仄《ほの》かな闇を孕《はら》んでいた。

(月の光のような人……)

淡く、優しい光で見る者を魅了する。しかしどこか謎めいた影がある。

「――……」

璃々は思わず見とれ、呆《ほう》けたように見上げた。

見下ろす青年のほうもまた絶句していた。彼はその場に膝をつき、璃々の顔をまじまじと見つめる。

「あきれたな。まだ子供じゃないか……」

もれたつぶやきに、璃々の頬が赤くなった。確かに、青年は璃々よりもひとまわりは年上に見える。だがそれをおいても、今ばかりは発育不良の自分の身体が恨めしい。

青年は穏やかに言った。

「ここでおまえがするべきことは何もないよ。お帰り」

しかし璃々は顔を伏せて首を振る。勝手に帰るわけにはいかない。

と、青年は微笑みを浮かべた。

「心配はいらない。内侍監には私から言っておくから」

あの宦官に意見できるとは、この青年はかなり位の高い人のようだ。皇帝の側近だろうか？

だが帰れない理由はもうひとつある。璃々はおずおずと口を開いた。

「宿舎の鍵はもう閉められてしまいました……。朝まで決して入れないと言われております」

「何だって……？」

少し考えて、青年はため息をついた。思い当たる節があるのだろう。

「……寒空の下に放り出すわけにもいかないか。しかたがない。おいで」

そう言うと彼はすたすたと隣りの部屋へ向かった。衝立のところでもう一度振り返る。

「ほら、こっちだ。ついておいで」

「──……」

手招きに応じてよいものかどうか、しばし迷った。

皇帝がここに来た時、ひれ伏していないと問題になるはずだ。だが、勝手知ったる様子の青年がこうまで言うなら平気かもしれない。そもそも璃々はお役目から逃げたくて仕方がないのだから、もし不敬を咎《とが》められて寝所から追い出されるなら、それでもかまわない。

（よし──）

決心した璃々は立ち上がり、青年の後について行った。

隣りの部屋には正方形の卓子《テーブル》が置かれ、茶器がひとそろいと、手のひら大の陶器の入れ物が並んでいる。卓子の脇には、台にのせられた火鉢があり、その上で黒鉄《くろがね》の湯沸かしが湯気を立てていた。

「酒よりも茶のほうが好きでね。こうしていつでも飲めるようにしているんだ」

青年は物柔らかに言い、茶をいれる準備をしながら、空いている席を指す。

「そこにお座り」

璃々は言われた通りに椅子を引いて腰を下ろしながら、青年を見上げた。

「あの……あなた様はどなたですか……？」

と、青年は手を止めて、きょとんと璃々を見つめる。それから噴き出した。

「私は胡獅苑。おまえたちが皇帝と呼ぶ人間だよ。いちおう」

「えっ!?」

衝撃のあまり、璃々は思わず席を立った。彼は——獅苑は小さく笑う。

「醜いヒキガエルのようには見えないって？　あとは何だっけ。薬に溺れた贅沢三昧の色好み？」

「いえ、あの……」

「巷でどう噂されているかは知っているよ」

「——……」

自嘲を込めた物言いに、璃々は言葉を失った。

本当に彼が皇帝なのだろうか？　冷酷で、この国を荒廃するにまかせて遊興にふける暗愚の帝？

茫然《ぼうぜん》と見つめる中、獅苑は熱湯を別の容器に移し、少し冷ましてから茶葉の上にゆっくりと注ぎいれる。ややあって、茉莉花《まつりか》のやわらかい香りがあたりにふんわりと漂い始めた。

獅苑は璃々の前にそっと茶を置く。所作のひとつひとつが丁寧で、優しげだ。そしてこちらを見つめる微笑みの穏やかなこと。同時に、ひどくさみしげでもある。

長いまつげが瞳に影を落としているせいか、容貌の美しさもさることながら、どこまでも静かな雰囲気と、凪いだ眼差しに心を奪われてしまう。

気づけば璃々は、茶を飲むのも忘れて彼に見とれていた。

獅苑は自分も茶に口をつけてから小首を傾げる。

「私のことはいい。おまえのことを話しておくれ。名前は？」

「蓉《よう》璃々と申します。呂窟《ろくつ》からやってきました。桀《けつ》州の西にある村です」

呂窟は、近隣以外には知られていない鄙《ひな》びた村である。にもかかわらず獅苑はすぐに言い当てた。

「深山が連なるという西の山嶺の手前だね。親は？」

「両親は農民です」

「ここへはどうやって来たの？」

「……家が貧しく、人買いに売られて……」

「――……」

その返答に獅苑は押しだまる。微笑みが消え、美しい面が憂いを帯びるのを見て、璃々は後ろめたい気分になった。

なぜなら返答は真実ではなかったから。

璃々の本当の姓は、晋《しん》。本名は晋璃々だ。故郷は桀州の隣りにある藍州《らん》。まさに西の山嶺の中にある隠れ里である。両親は璃々が三歳の頃に殺された。

田舎の豪族だった晋家は十一年前、皇帝・胡獅苑の命を受けた禁軍によって滅ぼされた。かろうじて族滅を逃れた生き残りは山間の寒村に身を潜め、十一年かけて復讐のための態勢を整えたのである。

一族の獅苑への恨みは深い。巷に流布する評判の悪さもあり、叛乱を起こして帝位を簒《さん》奪《だつ》せんと、虎視眈々《こしたんたん》と機会をうかがっている。璃々はそのための尖兵だった。

三か月前、晋家の未来の当主である従兄の瑯永《ろうえい》に呼ばれて言われたのだ。

『下働きとして胡獅苑の後宮に入り、内部の様子を探ってほしい』と。

◇◇◇

「つまり、間諜になれということ？」

「そうだ」

久しぶりに晴れた冬の朝、璃々の三つ年上の従兄である瑯永は、凍りついた湖面に穴をあけて釣りをしていた。細筒の厚手の襦袴《じゅこ》の上に、狐の毛皮の上着を重ね、同じく毛皮の長靴を履いて氷面に立っている。

質素な格好をしていても、彼はどこか輝いて見えた。内側から発する生気と自信が、彼を特別に見せるのだ。男らしく粗削りに整った顔に、彼は明るい笑みを浮かべた。

「おまえは働き者で、目端が利く。おまけにまだ子供だから、妙なことにもならないだろう。二、三年で決着がつく。――やってくれないか？」

「そんなこと言われても……」

璃々は困った思いで従兄を見つめる。

瑯永は幼い頃から聡明で、人望も剣技の才もあり、一族の復讐及び帝位の簒奪という悲願を背負うにふさわしい、立派な総領息子である。陽気で頼もしい彼が、璃々も大好きだ。

だがしかし。そんな従兄の頼みとはいえ、村から一歩も出たことのない身に、その依頼はなかなか難易度が高い。生まれ育った故郷を離れ、ひとりで都に――それも宮城に向かうなど想像もつかない。

璃々はかなり逃げ腰に応じた。

「……どうしてもわたしでなきゃだめ？」

「この村におまえと同じ年頃の娘は少ない。その中ではおまえが一番利口で、器量よしだ」

「…………」

そう言われると悪い気はしない。黙っていると、瑯永は重ねて言った。

「なぁ、頼む。何も難しくはない。ただ後宮の中で見聞きしたことを手紙に書いてくればいいんだ」

「見聞きしたこと？」

「あぁ、主に胡獅苑についてだ。戦をする前には敵についてよく調べるよう、兵法の教書にも書かれてるからな。あいつがどんな性格で、何が好きで、何が嫌いか。弱点は何か。腹心は誰か。それによって叛乱を起こす戦略も変わってくる」

「――――……」

言葉には重みと実感がこもっていた。

戦。そう、これは一族の命運をかけた戦になるのだ。二年、あるいは三年後、瑯永は叛乱を起こし、胡獅苑の首を刎ねて、殺された一族の仇《かたき》を取る気でいる。

三つしか違わない従兄を、璃々は尊敬の念を抱いて見つめた。

当主の息子として、彼は誰よりも真剣に一族の悲願を果たそうとしている。すでに一族の大人たちと共に、皇帝に不満を持つ各地の勢力とひそかに連絡を取り合い、少しずつ味方を増やしているとも聞いている。

璃々も気持ちを正して応えた。

「……下働きじゃ、あまり皇帝に近づけないんじゃない？」

「それは心配するな。賄賂をはずんで、四妃の宮殿のどこかで働けるよう手配するから」

「四妃？」

「最も位の高い四人の妾妃《しょうひ》だ」

本来、後宮の頂点に立つのは皇后だが、胡獅苑には皇后がいない。よって今は、妃嬪の中で最も位階の高い貴妃《きひ》、淑妃《しゅくひ》、徳妃《とくひ》、賢妃《けんひ》が後宮を支配している。四人はそれぞれ独立した宮殿を与えられており、そのどこかで働くことができれば、皇帝についての情報も耳に入りやすいだろう――

瑯永の説明を、璃々はしっかり頭に入れた。

「引き受ければ、瑯永の役に立てるのね？」

「あぁ、とても助かる。何もかもうまくいったら、お前を嫁に迎えてもいいくらいに」

「よ、嫁……!?」

璃々がぽっと頬を赤らめると、瑯永はにやりとする。

「お、やる気になったか？　いいぞ。首尾よくこなしてくれたら、そんな未来もありだ」

「嘘《うそ》ばっかり。瑯永はすぐ女に気を持たせることを言うから信じちゃだめって、お姉さんたちが言ってるもの」

「あいつら！」

璃々の反論に、瑯永は声を立てて笑った。くしゃりと笑う顔は男らしく大らかで、村中の女を虜にしている。

もう、とくちびるを尖らせる璃々の両手を、彼はごつごつした大きな手で包み込んできた。

「無理はしなくていい。もし危険だと思ったらすぐに逃げていいから。――な？　璃々、頼む。やってくれ」

◇◇◇

両親がいなかったとはいえ、璃々は親戚の大人たちによって大事に育てられた。そのおかげで基本的に前向きで、打たれ強く、楽観的なたちである。うまくやれると思ったのだ。最初は。

（でもまさかこんなことになるなんて……！）

雲の上の、そのまた上――神にも等しいとされる皇帝が手ずからいれたお茶を前に、璃々は混乱しきっていた。

（胡獅苑は一族の仇なのではないの？　戦乱と飢饉と病に困窮した国をよそに、享楽にふける傲慢で強欲な皇帝なんじゃないの？　倒せば国が良くなるって――国中の人々から憎まれているって聞いたのに……）

瑯永はそんな皇帝を殺そうとしている。璃々はそれを手伝うためにここに来た。しっかり固まっていたはずの決意は、茶杯を両手に包み、やわらかく微笑む獅苑を目前にして、激しく揺らいでいた。

「友達とは普段どんなことをして遊ぶの？」

興味津々のおももちで、彼は実に些細な問いを重ねてくる。

「故郷にはどんな祭りがあった？　餅？　へぇ、特別な餅ってどんなもの？　踊り？　誰が躍るの？　どんなふうに？」

璃々が問いに答えると、さらにその言葉尻を捉え、微に入り細に入り様々なことを訊ねてくる。

　さみしげな瞳が、話を聞く時だけ、それはそれは楽しそうな色を浮かべるため、璃々のおしゃべりにもつい熱がこもってしまった。

　しかし頭はまだ混乱を引きずっている。話をしながら、これでいいのかと考えてしまう。

「あの、陛下――」

「ん？」

「その……」

　問いは喉の奥に引っかかり、出てこなかった。あなたは晋家を滅ぼすよう命じたのですか？　餓死も珍しくないほど生活に困窮する多くの民について、何とも思っていないのですか？　……訊けるはずがない。

　しばしの沈黙の後、かなり遠まわしな意見をようやく口にする。

「……もし興味があるのでしたら、お忍びで見に行かれてはいかがですか？」

　偉い人はそのようにして庶民の暮らしをのぞきに行くことがあると聞く。しかし獅苑は首を振った。

「私はここを出られない」

「この国で、皇帝陛下にできないことがあるのですか？」

心の底から出た疑問に、獅苑はふっと笑みをこぼす。

「あるよ。たくさんある」

それは深く胸を衝く、静かな微笑みだった。

「私は十五で即位して以来、一度もこの後宮を出たことがない」

「一度も？　まさか……」

この後宮の隣りには国政の舞台である立派な宮城がある。そこで政を行うのが皇帝の責務のはず。当然の疑念を封じるように、獅苑は璃々の茶杯に新たな茶を注いだ。

「道中のことを教えてくれる？　村や、小さな町や、大きな街のことを。どんなふうだった？」

「それは……」

来る途中で目にしたものは、国の荒廃を実感する窮状ばかりだった。とても統治者の前で披露できる話ではない。しかし彼は、厳しい答えが返ってくることを予想しているようだった。

「隠さず正直に話してほしい。本当のところを知りたいんだ」

何を話しても罰など与えないと、くり返し真摯に求められ、璃々はようやく口を開く。

「村には……あまり人がいませんでした。廃村も多く見ました。小さな町は、遠くから見た様子では、うらぶれて活気がないように見えました。……人買いすら近づかないようにしていました。襲われることがあるから、と……」

実のところ璃々は売られたわけではなかったが、子供が都まで移動するにあたり、人買いと行動を共にするほうが自然だったため、瑯永がそう手配したのだ。人買いは色々なことを教えてくれた。

小さな町では、金を持った旅人を住民たちが協力して襲う。おまけに以前に比べて窃盗の罰が重くなったため、身ぐるみを剝ぐだけでは飽き足らず、旅人を殺して証拠隠滅をはかるらしい。

大きな街には一転して人があふれていた。近隣から食い詰めた農民が集まり、日雇いの仕事を奪い合っていると聞いた。商店はどこも品薄で、住民たちは顔つきが険しく、殺伐とした雰囲気だった。

「そうか……。桀州からの街道はそこまで治安が悪化しているのか……」

獅苑はそうつぶやいて考え込む。長い髪がわずかに顔を隠した。憂いを帯びた思案顔に見とれてしまう。

旅の疲れと、その後の長時間の緊張、そして安堵と、おいしいお茶と、暖かい室内。すべてのせいで、ふとした瞬間に急激な眠気が襲ってくる。気づけば璃々は、気を失うように眠りに落ちていた。

翌日の早朝、璃々は広くて大きな寝台の上で目を覚ました。おまけに手をのばせば届く位置で、端整な顔が健やかな寝息を立てている。まっすぐ通った鼻筋と、形のきれいなくちびるをぼんやり眺め——そこでようやく頭がはっきりした。

「えぇぇ……っ!?」

あわてて起き上がり、飛びのくと、背中が壁のようなものに当たる。振り向けば浮彫の施された黒檀の壁だった。

（ちがう……）

これは臥榻《がとう》——全体を囲う木製の天蓋がついた小部屋のような寝台である。おそらくは皇帝のもの。つまり璃々は、あろうことか皇帝の寝台で、当の皇帝と並んで寝ていたのだ。

（うそ……っ）

無防備な寝姿を見下ろし動揺で頭が真っ白になる。それから自分が身につけた絹の寝衣を見下ろし、当たり前だが、おかしなふうに乱れていないことを確かめて羞恥に頬を染める。

（ないない。そんなはずない……！）

おまけに璃々がひとりで衾《ふとん》をかぶっていた。どうやら寝ながらすべて自分のほうに引き寄せてしまったらしい。

（皇帝から衾を奪ってしまった……!?）

璃々はあわてて、寒そうに身を縮めて横になっている獅苑に衾をすべてかけた。

そして自分はそそくさと寝室を出ようとする。何もなかったにせよ、知らない男の人と共に寝てしまったのだ。動揺は収まらず、胸がドキドキと騒ぐ。

と、衾の中から獅苑の眠そうな声がした。

「待ちなさい、璃々」

璃々は飛び上がってその場にひれ伏す。

「陛下！　すみません、わっ、わたし……っ」

「その恰好で外に出ては寒いよ。そこの上衣《うわぎ》を持っておいき」

衾からのびた手が、椅子の背にかけたものを指差す。立ち上がって手に取ってみると、男性用と思われる大きな広袖の上衣だった。おまけに軽くて暖かい。

だが璃々はそれを椅子の背に戻す。

「陛下のものをお借りするなんて恐れ多くて……」

「それなら何かお礼をしにおいで。……そうだ。踊りをやると言っていたね。今日の午後、見せてもらおう」

「え……？」

璃々に踊りの素養などない。昨夜の会話を脳内で素早く反芻《はんすう》し、村の祭りで披露した舞のことを言っているのだと推察した。だがあれは――

「暖かくしておいき」

まだ寝ぼけ眼の獅苑が、頭だけを起こして言う。上衣を抱えた璃々は、その場で深く頭を下げた。

「……ありがたくお借りします。失礼します……」

上背のある獅苑の上衣は、璃々が着ると裾を引きずってしまう。裾が床につかないようつまみ上げ、璃々はそのまま人気のない宮殿から小走りで退出し、下女の宿舎まで戻る。

後宮は、それだけでひとつの町にも匹敵する広さである。ことに皇帝の私宮の近くには妃嬪たちの宮殿が多く、壮麗な建物ばかりだ。目に鮮やかな丹塗りの宮殿が建ち並ぶ道をきょろきょろしながら歩いていくと、やがて廟や公園、工房や教房、その他生活のための施設が目につくようになってくる。

宿舎に着く頃にはすっかり朝の忙しない時間になっていた。

だがしかし、璃々がひょっこり姿を見せると、新旧の下女たちは仕事をほったらかしてとり囲み、何があったのかを根掘り葉掘り訊いてくる。

璃々は衾を奪ったところまで洗いざらい白状させられ、それに関しては呆《あき》れられたものの、獅苑が璃々に手を出さなかったことについては、誰もが「やっぱりね」と納得の様子だった。

「いくら何でも、こんな子供を相手にするはずがないわ」

頭にぽんぽんと手を乗せられて、璃々はくちびるを尖らせる。発育が悪いのは承知しているが、こう見えても十四だ。むくれながら先輩の下女に訊く。

「ではなぜ、内侍監はわたしを陛下のもとに送ったのですか？」

「あぁ、それはね……」

その場にいる女たちは、意味ありげに目配せをした。下女のひとりが言う。

「今上帝は女に興味がないのよ。あんたに限らず、どんな女にも決してお手をつけない」

「え？」

「庶民的で素朴な娘から、聡明で多才な名家の娘、はては極上の美女まで、ここにはあらゆる種類の女がいるというのに、陛下はいっかな興味を示されない。かといって男が好みというわけでもなさそうなんだけど――」

「とにかく宦官連中は頭を悩ませているのよ。皇太后様からは、早くお世継ぎを作らせろと矢の催促だというし」

「かくなる上は、女未満を送り込んで様子を見ようって魂胆じゃない？」

好き放題言って下女たちはくすくすと笑った。璃々は疑問符をたくさん浮かべて首を傾げる。

「でも……、でも世間では、今上は色好みだって言われてますよね？」

あたかもそれが真実であるかのように語られている。先輩の下女は肩を竦《すく》めた。

「確かに、ここに来る前は私もそう聞いたわ。あの噂、どこから出てたのかしらね？」

けろりと言われた言葉の真相について考える前に、誰かが大きな声を上げる。

「ねえ、……これ、狐白裘《こはくきゅう》じゃない!?」

声の主は、璃々がたたんで置いた上衣を知らないうちに広げていた。その場がたちまちざわつく。

「本物ならすごいわ！　それ一枚で邸《やしき》が建つくらい貴重な品よ」

「陛下のお部屋にあったなら本物に決まってるでしょ」

「いいなぁ！　下賜されたの？」

問い詰められ、璃々は目を白黒させた。

「や、邸？　その上衣だけで……？」

その時、その場がざわりとする。下女の宿舎に、美しい襦裙《じゅくん》をまとった宮女が入ってきたのだ。宮女はその場を一瞥《いちべつ》して、璃々に目をとめた。

「璃々というのは、その子？」

「は、はい……っ」

「あなたを着替えさせて、陽慶殿へ連れていくよう言われました。いらっしゃい」

そう言うと、踵《きびす》を返して歩いていってしまう。

「着替え？　陽慶殿？」

何のことだかわからない。

しかし周囲の目線に押され、璃々はあわてて宮女の背中についていく。それからの展開は非常にめまぐるしいものとなった。

璃々はどこかの建物に連れていかれ、そこで昨日と同じように髪を結われ、化粧を施された。衣裳は水色の襦に、瑠璃色の裙。その上に芍薬の花模様の織られた薄物の被帛《ひはく》を重ねる。

気がつけば璃々は、見た目だけとはいえ、後宮にいる花のような宮女のひとりになっていた。

身支度を手伝った宮女も満足そうにうなずく。

「あら、可愛い。上出来だわ」

最後に蝶の描かれた白い団扇を渡してきた後、宮女はまたしても部屋を出てさっさと歩き出す。

「さぁ、こっちよ。おいで」

丹塗りの瀟洒《しょうしゃ》な廊下を歩いてまた外に出て、璃々は見覚えのある道をたどった。と、今度は今朝がた出てきた宮殿にたどり着く。

「ここは陽慶殿。今上の私宮だから行儀よくして」

宮殿の前で宮女がそうささやく中、門からひとりの青年が出てくる。

二十代の半ばか。宦官の印である黒い長袍を身につけている。細い切れ長の瞳が怖ろしい印象だ。が、きつい雰囲気に反し、青年は宮女に向け微笑みを浮かべた。

「後はおまかせを」

その声には聞き覚えがある。昨夜、獅苑を寝室の手前まで送ってきた人物のものだ。宮女が璃々を振り向いて言った。

「陛下の近侍《きんじ》でいらっしゃる賽《さい》様よ。ここから先はこの方についておいき」

宮女が去ると、賽という宦官はそれまで浮かべていた笑みを消し、璃々を上から下までじろじろと無遠慮に値踏みしてきた。

「陛下の寝所にコレを送り込んだと？　内侍監は何を考えているんだ。陛下も陛下だ。いまさら何の用があるのだか……」

眉根を寄せてぶつぶつ言う相手に、璃々はむっとして応じる。

「路傍の小石でも見るような目は止めてください」

「勘はまずまずのようだな」

「わたしを呼んだのはあなたですか？」

首を傾げて訊ねると、賽は苦い顔でため息をついた。

「いいや。ついてこい」

連れていかれたのは、一面に砂利の敷かれた広い中庭だった。今は大きな板が据えられ、その上に緋毛氈《ひもうせん》が敷かれ、ちょっとした舞台のようになっている。舞台の両脇には、立派な身なりの楽士たちが、それぞれ楽器を手に腰を下ろしていた。そして――

「――……っ」

中庭を囲む屋根のある回廊に、あの人がいた。

璃々の胸が大きく跳ねる。

（獅苑様……）

今日は皇帝の証である、前後に簾《すだれ》のついた冕冠《べんかん》をつけている。銀糸で白虎の刺繍された青藍の袍衣に裳を合わせて霞色の大帯を締めた姿は、麗しくも風格が感じられた。端整としか言いようのない細面には、今日も優しい笑みが浮かんでいる。日陰だというのに、獅苑のいる場所だけ日が差しているかのよう。

ひときわ豪奢な椅子に座り、彼は隣りにいる女と何かを話していた。

彼の椅子の横には、ひとまわり小さな椅子が左右に並び、そこに華やかに装った美しい女がそれぞれ腰を下ろしている。妃嬪たちだろう。そろいもそろって衣裳はもちろん、装身具も化粧も、見たことがないほど艶やかである。

璃々に気づくと、獅苑は困ったような微笑みを向けてきた。

「よく来たね。本当はひとりで迎えるつもりだったんだけど……彼女たちが、話を聞いて押しかけてきてしまって……」

彼に指をさされた美女たちが溌剌《はつらつ》と答える。

「当然ではありませんか。陛下が夜通しおしゃべりをした相手だと聞いたのだもの」

「そうそう、どうしても顔を見ておきたくて」

「とてもかわいい子ね。おしゃべりの他に何ができるの？」

「――……」

女たちの目線が自分に集中するのを感じ、璃々は緊張した。後宮に集う妃嬪は皇帝の寵を争い、日々しのぎを削っていると聞く。その苛烈にして危険なこと、男の戦場にも引けを取らないと。

敵と見なされれば何をされるかわからない。身を守るためには目立たないのが一番であるという。

興味津々な美女たちの眼差しの前で、璃々はごくりと唾を飲んだ。

(どうしてこんなことになったの……!?)

余計な騒ぎを起こさず、大人しく、慎ましく、後宮の背景の一部のように暮らすはずだったというのに……。無念さを噛みしめつつ、璃々はその場に跪《ひざまず》き、獅苑に向けて拱手をした。

「それで、わたしは何をすればよろしいのでしょう?」

彼はゆったりと返してくる。

「舞を。昨夜話していただろう?　故郷の祭りで舞ったと。それを見せてほしい」

言った。確かに、祭りについて訊かれた際にそんな話をした。だが!

「まっ、舞と言っても、田舎の祭りで農家の娘たちがはしゃいで踊る程度です!　とても人に見せられるようなものでは……!」

縮こまって恐縮する。

「あぁ、そういうものが見たいんだが……」

「でも……っ」

あれは祭りのどんちゃん騒ぎを通して盛り上がりが最高潮に達した頃合いに、自然発生的に始まるものだ。そもそも舞と呼べるかどうかも怪しいし、何でもない時にひとりで踊るものではない。

(人に見せるなんて到底無理……)

どうすればいいのかわからず硬直していると、獅苑は柔らかく小首を傾げた。

「どうしてもだめかな？」

問いは気づかいに満ちている。あくまでいやと言い張れば、無理強いはされなそうだ。

だがその一方で、十五歳から今までの十一年間、後宮から出たことがないという獅苑の身の上話を思い出す。好奇心旺盛で、新鮮な情報に飢えている彼は、外のことを何でも知りたいのだ。

苦悩する璃々の耳元で、そのとき賽の低い声が響いた。

「おい小娘、ここで逃げてみろ。陛下が許しても俺が許さん。小石の分際で陛下をがっかりさせた罪でこの先ずーっといじめてやる」

(――――……⁉)

ドスのきいた脅しに震え上がる。実際、皇帝の側近がその気になれば、下女の命運など風前の灯火だ。

「やっ、やります！」

しかたがない、と璃々は腹をくくった。やればいいんでしょう、やれば。

一度居直ると、切り替えは早い。璃々は緋毛氈の敷かれた桟敷舞台の上に進み出る。見下ろす獅苑と目が合った。それだけで胸が浮き立つ。

「音楽がないと雰囲気が出ません」

璃々の訴えに獅苑がうなずき、舞台の両脇を指す。

「そこの楽士たちに好きな音楽を求めるといい」

「では、祭囃子を。わかります？　こういうやつ――」

璃々は鼻歌で表現したが、宮廷楽士は地方の祭りの音楽など想像もつかないようだった。しかたなく楽器のひとつを借りて簡単なお手本を奏でる。すると勘を得た様子の楽士たちは、たどたどしいながら演奏を始めた。

「そうそう、その調子！」

とはいえ宮廷楽士にこんなことをさせてもいいのかと、獅苑のほうを見れば、彼はひどく興味深そうにこちらを見下ろしている。

璃々の気分が高揚した。祭りとは退屈な日常を覆す楽しいもの。言ってしまえば、この場をお祭りにしてしまえばいいのだ。

璃々はふたたび舞台の中央に戻り、意を決して踊り始めた。だがやはり平時にひとりで踊るのは恥ずかしい。そもそも自分の舞が上手くないことはわかっている。

璃々は早く終わってほしい一心で身体を動かしていたものの――たどたどしい音楽と、拙い踊りとの組み合わせは、訓練された妓女《ぎじょ》の舞を見慣れた人々の目に新鮮に映ったらしい。

獅苑のくちびるから自然な笑みがこぼれる。

それがうれしくて、璃々はますます張り切った。すると初めは渋々だった楽士たちも、だんだん興が乗ってきたようだ。元々祭囃子はノリのいい、同じ旋律のくり返しである。楽士たちは旋律を保ちつつ工夫を加え、音楽は少しずつ聴くに堪えるものになっていった。

そのうち見物していた女たちからの手拍子も加わり、場はさらに盛り上がる。

そんな中、踊っていた璃々は衣裳の裾を踏んで転んでしまった。見ていた女たちがドッと笑う。璃々はすぐに起き上がって言った。

「衣裳が悪いんです！　村ではもっと丈の短い服を着ているから……！」

手早く裙の帯を解き、胸高に引き上げてまた結ぶ。結果、璃々の脚は脛《すね》まで露わになった。見ていた女たちが目を丸くする。

「あらあら！」

だが、おかげで足元はぐっと動きやすくなった。

その恰好のまま、思いきり手足を振りまわして踊り始めると、ついに獅苑が噴き出す。

（笑った！）

璃々の目は、作りものでない彼の笑顔に釘付けになった。

もっと笑ってほしい。そんな一念で、璃々は楽士たちも踊りに誘い入れる。くり返す旋律を覚えた若い楽士たちは、すぐに要領を得て、楽器を演奏しながら踊り始めた。

「ほら、あなたたちも！　ほらほら！」

璃々は最後まで座り込んでいた年輩の楽士たちも仲間に誘う。

厳めしい顔をした初老の楽士たちは、おずおずと立ち上がり、慣れない様子で踊り始める。おっかなびっくり加わる姿に、女たちが鼓舞する囃し声をかけた。すると初老の楽士たちも気を良くしたようで、開き直って自ら下手な踊りを披露する。

獅苑が手拍子をしながら声を立てて笑った。それを受け、女たちがいっそう盛り上がる。

広い中庭はしばらくの間、多くの笑いに包まれた。

滑稽な舞の披露が終わった後、獅苑は改めて、狐白裘の上衣を褒美として璃々に与えると宣言した。

それに異を唱える者は誰もいなかった。

第二章

　瑯永へ。

　あれからひと月がたちます。なかなか手紙を書けなくてごめんなさい。

　ひと月も何も書けなかったのは、ここで目にしたものに混乱してしまい、本当のことを知ろうと色んな人に話を聞きまわっていたからです。

　後宮に来てすぐに、わたしは元々聞いていた皇帝の評判と、実際に目の前にした本人との間に、大きな差があることに気づきました。本当です。

　本物の胡獅苑は優しくて、周りによく気を配る、物静かな人です。強欲ではないし、人を傷つけることも、偉そうに振る舞うこともありません。あと太ってもいません。

　ではなぜデタラメな噂が世間に流れているのか。後宮の位の高い宮女たちに訊いたところ、何もかも先帝の母親——胡獅苑の祖母にあたる皇太后のせいだとわかりました。聞いたことをすべてここに書きます。

十五年前に先帝が崩御してから、この国には四年の間、皇帝の空位がありました。なぜならその間、十人以上の皇子たちが帝位をめぐって争っていたからです。それぞれの外戚を巻き込んだ衝突は、政争の枠を超えて内乱になり、結局皇子たちは全員死んでしまったそうです。そんな中、ただひとり生き残ったのが胡獅苑でした。彼は政争に加わらず、田舎の宮殿で母親と共にひっそりと暮らしていたものの、そのせいで先帝の血を引く最後の皇子となってしまったのです。おかげで皇太后に送り込まれた兵によって拉致され、無理やり春安に連れてこられました。

皇太后は内乱を終わらせるため、十五歳だった胡獅苑を帝位につけて、自分が後見人となりました。そして彼を後宮に閉じ込め、宮廷から遠ざけて朝政を自分のものにしたのです。

政治は皇太后と、彼女の息のかかった官吏だけで行われ、胡獅苑には今も政治の実権がまったくありません。皇帝でありながら朝議に出ることすらありません。それどころか即位以来、一度も後宮を出たことがないそうです。

後宮は、田舎育ちのわたしの目には雲上の天界のように華やかな場所です。広い敷地の中には立派な宮殿が建ち並び、美しい宮女が大勢暮らしていて、ことに妃嬪たちは目も綾《あや》な美しい衣裳や、きらびやかな装飾品を身につけています。どの宮殿にも高価な書画や陶器などの美術品が飾られ、食べるものに不自由しない優雅な生活を送っています。

　でも宮女たちによると、朝政の中枢である外廷はさらに絢爛豪華なのだそうです。皇太后は派手好きで、自分の宮殿をひときわ華美に改装し、皇帝よりもはるかに豪奢な衣裳をまとい、日に五回、遠い朝貢国から贈られてくる珍味をふんだんに使った料理を百皿も並べて食事をするそうです。夜は自分に忠実な臣下や外国の使節だけを招き、何百人もの楽士や妓女を集め、何千もの灯火を吊るして、盛大な宴を催していると聞きました。

　後宮ではそんなことはありません。確かに夢のような世界ですが、主君である胡獅苑自身が飽食や乱痴気騒ぎを嫌っているため、妃嬪たちも目を疑うような奢侈《しゃし》とは無縁です。

　彼の生活はとても静かで落ち着いていています。普段は音曲や詩作、書画、読書などをして過ごしています。望めば何でも与えられるものの、武器や武芸の稽古、政治の勉強は禁止されています。

　胡獅苑が幼い異母弟を殺したという噂も真実ではありません。実際は、皇太后に反発する勢力が、ひそかに生きていた幼い皇子を見つけて担ぎ出そうとしたものの、それが皇太后の耳に入って暗殺されてしまったそうです。皇太后にとっては、自分の手駒になる皇帝さえいればいいのでしょう。

　その証拠に皇太后は、どんな手を使っても早く胡獅苑に世継ぎを作らせるよう、宦官に命じています。彼はいわば、ただ皇太后の血を引く皇帝の子供を残すためだけに後宮に閉じ込められているのです。

しかし胡獅苑は決して皇太后の思惑に乗らないと決めているようで、まだ後宮にいる妃嬪たちの誰にも、一度も手をつけていません。実際、わたしも内侍監の思いつきで皇帝の寝室に送られましたが、お茶を飲んで話をしただけでした。彼は後で、わたしにそんな役目を押しつけた内侍監を叱ったそうです。

胡獅苑はそういう人です。後宮の人々の話によると、悪いのは皇太后です。強欲で、この国を私物化し、人々の困窮を顧みずに自分の財を増やすことだけ考えて、非道な政治を行っているのは皇太后なのです。

手紙を読んだだけではなかなか信じられないかもしれませんが、それがわたしの見聞きした真実です。

また手紙を書きます。信じてもらえるまで書きます。だからどうか頭を整理して、胡獅苑が諸悪の根源だという考えを改めてください。

◇◇◇

好天にめぐまれ、だいぶ暖かくなった初春の昼下がり。璃々は桃の花がいっせいに咲いた中庭に足を運んだ。

「獅苑様はこちらにいらっしゃいませんか？」

「あら、璃々、いらっしゃい。陛下なら先ほどまでここにいらしたけれど、もうお戻りになられたわよ」

「えぇー？」

「入れ違いになったわね」

ころころと笑うのは、四妃の中でも最も位の高い芍貴妃《しゃくきひ》である。名家の出身だが、それを鼻にかけることのない淑やかで聡明な女性だ。

ここは菊花殿。貴妃の宮殿である。今日は他の三人の妃も集まって花見の最中だった。中庭の芝生の上に緋毛氈を敷き、皆で双六に興じている。

牡淑妃《ぼうしゅくひ》が気さくに声をかけてきた。

「遊んでいかない？」

実家は豪商だという、明るく陽気な美女である。妹が三人いるとかで、璃々のことも何かと気にかけてくれる。

「ありがとう、でも今日は遠慮します」

そう返すと、彼女はくすりと笑った。

「あなたはいつも陛下の後を追っているのね」

「だってわたし、宮女にしていただいたし……」

そう。珍妙な踊りを披露した後、璃々はなんと獅苑付きの宮女に抜擢された。獅苑本人の指示である。

下女から、皇帝付きの宮女になるなど、本来であれば妃嬪たちの嫉妬から惨事が起きかねない事態である。しかし実際はそんなことにはならなかった。

誰よりもまず、四妃が璃々を認めてくれたためだ。

「あなたといる時の陛下はとても楽しそうですもの」

「あなたはいい意味で、陛下に対して遠慮がありませんから。そこをお気に召されたのだと思いますよ」

「わたくしたちには真似できないわ。歳が若くて、ここに来たばかりのあなただから許されることよ」

「そうそう、陛下への伝言を頼んでもいい？　『しばらく湖上の夜宴をしておりません。春を迎え、気候も良くなったので、ちょうどよい機会ではないでしょうか』って、わたくしの代わりにおねだりしてくれる？」

牡淑妃が片目をつぶって言うと、他の三人がくすくすと笑った。

彼女たちは、璃々が来るまで獅苑が声を立てて笑う様など見たことがなかった、と褒めてくれた。そしてもっと彼を笑わせるようにと、何かというと発破をかけてくる。璃々が獅苑の傍にいることを望んでいると言ってもいい。

そもそも本来であれば競争相手であるはずの四妃同士が対立していない。それどころか毎日のように互いの宮殿を行き来するほど仲がいい。

後宮のこの雰囲気は、璃々にとってまったく予想外だった。

原因は、獅苑が妃嬪の誰にも手をつけないと宣言しているせいだ。そのため彼女たちと獅苑の関係も、まるで親しい友人のようだった。

そして後宮の頂点に立つ四人がしっかり監督しているため、他の妃嬪たちも表だって波風を立てることはなく、後宮内の雰囲気は平穏そのもの。

(不思議……)

獅苑の性格のように、どこまでも穏やかな後宮の空気には、ちょっと違和感を覚えずにいられない。平和なのはいいことだが、何か引っかかる。

後宮内の通りを小走りに戻り、璃々は陽慶殿の門に入っていった。

今、璃々はこの宮殿に住み込み、獅苑のために働いている——と言えば聞こえがいいものの、実際はほとんど何もしていない。好きに過ごすよう彼に言われているからだ。

獅苑個人に仕える宮女となったわけであるし、璃々としてはなるべく彼の傍にいたい。

──否、職務を抜きにしても、なるべく彼といっしょにいたかった。

璃々は、彼の柔らかく穏やかな雰囲気が好きである。璃々を見る時の優しい眼差しも好きだ。いつも少しさみしそうな横顔を見ると胸が締めつけられる。憂いを晴らすためなら、どんなことでもしたいと思う。

(でも──)

彼はとても自由な人だった。少し目を離しただけで、ふらりとどこかに消えてしまう。ひとりで思索にふけるのが好きなようだ。

『あの方はいつも微笑んでいらっしゃるけれど、心の底から笑っているわけではありませんから』

いつだったか芍貴妃が言っていた。璃々も同感である。

獅苑は誰に対しても等しく心を閉ざしている。誰も自分の中に踏み込ませず、ひとりでいることを好む。その間は近侍の賽ですら近づくことができない。

(まぁ何か悩みがあるのだとして……わたしはまだ会って一か月だし、ひとまわりも歳の差があるし、頼ってもらえないのも仕方ないけど……)

つまらない思いで宮殿の廊下を進んでいくと、行く手に黒い長袍姿が目に入った。賽である。

（うっ……）

苦手な相手だが同じ宮殿で働く先輩にはちがいない。璃々は礼儀正しく立ち止まって拱手した。

「こんにちは」

と、切れ長の瞳がじろりとこちらを見る。

獅苑のお気に入りで、身のまわりの世話を一手に引き受けるこの青年宦官は、猫かぶりで、美女と位の高い相手にのみ愛想がいい。が、美女でも位が高くもない璃々にはいじわるだ。

「なんだ。小石か」

開口一番のつぶやきに、璃々はむぅとくちびるを尖らせる。

「人間ですらない……」

「踏まれてなんぼの砂利の分際で何か文句でも？」

「でも陛下は、その砂利をご自分の宮女に据えられたんです！」

「たまたまちょっと変わった形だったから、お目に留まっただけだ。いい気になるな」

前を歩きながらぽんぽんと憎まれ口をたたき、獅苑のいる部屋まで来るなり、すまし顔で拱手をする。

「陛下、璃々がまいりました」

「――……」

本当に変わり身が早い。ぷんぷん怒っていた気分も、部屋の中に一歩入れば吹き飛んでしまう。

「あぁ、ちょうどよかった」

窓際の榻《ながいす》にゆったりと腰を下ろした獅苑は、うれしそうな微笑みを向けてきた。それだけで璃々の心はどこまでも浮き立っていく。

「何がちょうどよかったのですか？」

小首を傾げると、獅苑は自分の隣りをぽんぽんと手でたたいた。

「昨日の将棋の続きがしたかったんだ。――賽」

呼びかけに、賽が駒を並べた棋盤を運んできて、榻の前の低い卓子に置いた。その際、彼は駒の配置を見下ろして眉根を寄せる。

「話にならないほど実力差があるようにお見受けしますが、私がお相手しましょうか？」

「むぅ……」

榻に腰を下ろした璃々は、ぷぅっと頬をふくらませる。

それを見て獅苑は鷹揚に笑った。

「心配は無用。璃々は勉強中で、私は教えるのを楽しんでいるんだ」

「出来が良くない生徒に教えて楽しいのですか？」

「あぁ、楽しいよ」

いじわるな賽の質問に笑顔でうなずき、獅苑は璃々をじっと見つめる。優しい眼差しを向けられ、璃々はどきどきした。

「そうだな、たとえて言えば……子犬を相手にしている気分だ。上手い下手は関係ない。ただ愛でているだけで楽しい」

「せめて妹と言ってください……」

なぜみんな人間扱いしてくれないのか。ふてくされて応じると、獅苑は得心がいったように手を打つ。

「妹。そうか、妹。なるほどな……。今から璃々は私の妹ということにしよう」

「気品と所作、言動に鑑みて、甚だ不相応かと存じますが」

憎まれ口を置き土産に賽は出て行ってしまう。璃々はその背中に向けて「いーっ」としてみせた。

獅苑がそんな璃々の頭にぽんと手を置く。昨日、璃々が負ける寸前までいった棋盤を見下ろし、彼は教師のような口調でつぶやいた。

「では妹よ。この難局をどうすれば挽回できるか、一緒に考えてみよう」

璃々もまた棋盤を見つめ、もそもそと返す。

「……手はあります」

「へぇ？」

「それもふたつ」

「聞かせてもらおうかな」

「ひとつ、……賽を呼び戻して、わたしの味方につくよう説得します。ものすごく不本意ですが」

獅苑が小さく噴き出した。くすくす笑いながら、彼は興味深そうに見つめてくる。

「説得する場をぜひ見てみたいけれど。もうひとつは？」

「足を組み替えるふりで棋盤を蹴飛ばして、すべてなかったことにします」

聞き耳を立てていたのだろう。離れたところから、すかさず賽の声が飛んできた。

「無駄だ。駒の配置は俺が完璧に覚えている」

獅苑は、今度は「ハハハ！」と声を上げて笑った。

「予想を上まわる豪快な解決策に恐れ入ったけれど、もう少し自力でがんばってみようか」

「うぅ……」

負けは決まっていたものの、どうすれば少しでも相手に意趣返しができるか――獅苑は答えを示さず、自分で考えさせる形で璃々に教えてくれた。

将棋だけではない。獅苑は璃々に様々なことを教えてくれる。本を朗読させ、書の手習いをさせ、楽器を学ばせて、璃々の知識を増やしてくれる。そして言葉の通り、獅苑はその過程を楽しんでくれているようだ。

「本や書はともかく、楽器と将棋はちっとも上達しません……。きっと才能がないんです……」

たびたび音を上げる根性なしの生徒にも、鷹揚に返してくる。

「始めたばかりで何を言っているの？　そういうセリフが言えるのは三年くらいたってからだよ」

「毎日練習すれば、三年たったらそれなりにできるようになっているでしょうか？」

「もちろん。それにこれは、おまえの将来のためでもある」

「将来？」

思いもよらぬ返答に目をしばたたかせる。彼は軽くうなずいた。

「おまえは器量がいいから、もう少し大きくなれば、きっと引く手あまたになるだろう。知識や芸を身につけておけば、後宮から出た後、きっといい縁に恵まれる」

「後宮はそう簡単に出られません」

「本来はね。でも今はその限りじゃない。出て行きたければいつでも出て行ける」

何でもないことのように彼は言った。

「もしそうしたいなら、かまわないよ。しばらく不自由しないだけの小遣いもあげよう」

さみしげな、きれいな目で見つめられ、璃々は首を横に振る。

「いやです。獅苑様のお傍にいられなくなるなんて……っ」

そんな璃々の頬に、彼は大きな温かい手を添えた。

「でも、おまえはまだ若い。ここを出て伴侶を探したほうがきっと幸せになれる」

「――……」

真摯な言葉に胸を衝かれた。彼は本当に璃々を大切に思ってくれている。けれど自分の傍に必要だとは決して言ってくれない――そう悟って。

悔しい思いを飲み下し、璃々はぷいっと横を向く。

「そんなことありません。わたし、粗忽者だし……」

「そこがいいんじゃないか。私は完璧でない女のほうが好きだな。肩肘を張らなくてすむから」

「でしたらわたしをずっと陛下のお傍に置いてください」

「ハハ。うれしいことを言ってくれる。男の口説き方は教えなくてもよさそうだね」

「もう！　そうやって、すぐごまかす」

ふてくされて言うと、獅苑はまたくすくすと笑った。

二十六の彼に、十四の璃々はまったく太刀打ちできない。好意を伝える言葉は、優しく凪いだ眼差しにすべて呑み込まれてしまう。

「璃々、ねぇ璃々。怒ったの？」

ふたたび横を向いてしまった璃々の頬を、彼は指先でつんつんしてくる。しかし反応しないでいると、ふいに指ではないものが頬にふれた。

ちゅっと小さな音がする。

「………………っ!?」

その感触に驚いた璃々は、飛び跳ねるようにして、ひじ掛けまで下がった。獅苑はすまなそうに小首を傾げている。

「機嫌を直しておくれ。何かほしいものはある？　やりたいことは？」

「――――……っ」

(い、いま……っ)

今、頬にとはいえくちびるがふれなかったか？　手で押さえた頬が真っ赤に染まる。心臓がどきどきしてたまらない。

しかし――対照的に、獅苑は何でもない顔をしていた。

(何でもない？)

そうか。これは何でもないことなのか。大人である彼にとっては、子犬を可愛がる程度の行為なのかもしれない……。そう理解すると、ひとりであわてている自分がバカみたいに思えてくる。

ドキドキして、驚いたけどうれしくて、なのにあっという間にがっかりする……。

獅苑は璃々の心を容易くかき乱す。璃々はまだ彼の心の壁の前に立ち尽くし、途方に暮れているだけだというのに。その差がさみしい。

「…………」

鼓動の高まりと、やるせなさとを同時に感じながら、ややあって璃々は頬を押さえていた手を下ろした。

「……牡淑妃が、夜の湖に船を浮かべて宴がしたいとおっしゃってました」

「あぁ……」

獅苑は口元に指をあてて少し考えるそぶりを見せる。あまり乗り気ではないようだ。淑妃の希望を応援したい気持ちで言い添える。

「見たことがないので、わたしも興味があります」

すると獅苑は、微笑んで璃々の頭をなでた。

「わかった。考えておこう」

「……獅苑様は――」

「ん？」

「獅苑様は、何かやりたいことがありますか？」

素朴な問いに、彼はフッと口元をほころばせる。

「いいんだよ。私は、これで」

つぶやきながら、すっと目を流して窓の外を見る。その瞬間、彼の心も、ここではない場所に行ってしまったことが感じられた。

例によって、将棋をしながらお菓子とお茶をたくさん口にした璃々は、やがてお腹がくちくなってうとうとし始めた。そのうち本格的に寝てしまったようだ。

榻の上で目を覚ました時、あたりは薄暗くなっていた。花窓から見える空は夕暮れの残滓にわずかに青く染まっている。

獅苑の姿を求めて部屋を出た璃々は、ふいに言い争うような声を耳にした。この宮殿の中だ。急いで声のするほうに向かい、廊下と部屋とを隔てる衝立の陰からそっと中をのぞく。すると――

(え……!?)

視界に入ってきたものに目を瞠った。

獅苑が、跪く賽の襟元をつかんで声を荒らげている。

「あの女を肥え太らせるための金ではない！　値段が高騰した米を買うための資金だったことくらい知っていただろう!?」

容赦のない怒声には、深い哀しみがにじんでいた。対する賽は、締め上げられながらも冷静に返す。

「すべて……口を閉ざすことは不可能です、……ご存じのはず……っ」

「私の金だ！　私が与え、私が増やした――」

「あの方が……目をつぶり……見逃された分のみが、陛下のもの……っ」

「よくも……！」

「お世継ぎを……っ、作れば、……横槍は入れぬと、あの方が……っ」

「────……！」

檄した獅苑は、渾身の力で賽を突き飛ばした。床にたたきつけられる賽の姿に思わず息をのむ。と、獅苑の肩がピクリと震えた。

こちらに背中を向けたまま、彼は静かに言う。

「……璃々、向こうへ行ってなさい」

「で……、でも……っ」

この場を離れれば、獅苑は賽に暴力を振るうかもしれない。そう思わせる怒気が、今の彼にはあった。

動けずにいると、彼はゆっくりと振り向く。その時、ふと既視感に襲われた。

いつもの穏やかさが嘘のような険しい面差しが、故郷にいる従兄の瑯永と重なったのだ。大柄で陽気な従兄と、細身で大人しい獅苑とは、共通点など何もないというのに。

(なぜ一瞬でも見まちがえたのかしら……？)

奇妙なもの思いを頭の隅から追い払う。

声を失う璃々と見つめ合ううち、獅苑の中の怒りの炎も少しずつ治まっていったようだ。

彼はため息をつき、こちらに近づいてくる。

「来週の夜、湖上で宴を行う――牡淑妃にそう伝えておくれ」

そう話す声は、いつもの彼らしく穏やかだった。たとえその言葉が、あからさまに璃々をこの場から追い払うものだったとしても。

◇◇◇

瑯永へ。

今日は新しい報告があります。

獅苑様が近侍の賽を強く叱責している場面を目撃しました。

普段の獅苑様は、怒って声を荒らげることなどない穏やかな人なので、わたしはすっかり驚いてしまい、四妃の皆様のところに行って事の次第を話しました。

すると彼女たちは思いがけないことを教えてくれたのです。

まず獅苑様が賽を叱責したのは、おそらく個人的に行っている投資の儲けを、皇太后が横取りしたせいであろうということ。

何でも獅苑様は、豪商である牡淑妃と丹徳妃《たんとくひ》の実家を通して、各分野の商人と手を組み、商売に投資することで個人資産を大きく増やしているのだそうです。彼はそれによって得た利益を備蓄できる食糧に換え、商人たちの交易網を頼って困窮する各地に配っているということでした。

もちろんそれは宮廷の面子を潰す行為であり、水面下でひそかに行われているそうです。また獅苑様は後宮から出ることができないため、彼の近侍である賽が実質的に采配していますす。牡淑妃と丹徳妃によると賽は大変な切れ者で、獅苑様の投資をよく補佐しているもののの、ひとつだけ大きな問題があるそうです。

なんと彼は皇太后の元愛人で、本来は獅苑様を監視するのが役目であるらしいのです！

そのため投資の儲けが少ない時は、儲けをすべて獅苑様に渡すのですが、儲けが大きくなりすぎると、ごっそり皇太后に横流ししてしまうのです。皇太后にそう命じられているそうです。今日獅苑様が怒っていたのも、そのせいだろうということでした。

ひどい話です。わたしは、どうして賽は近侍という立場であるにもかかわらず、主君である皇帝の味方をしないのか、どうしていつまでも皇太后の味方をするのかと、四妃に訊きました。「どっちにつくのが得か、少しでも計算できる人は、向こうにつくでしょう」というのが彼女たちの答えでした。

おまけに「朝廷の面子を潰さぬよう」「水面下でひそかに」行われている貧困地域への

支援も、どうやら当の地域では「慈悲深い皇太后が皇帝の目を盗んで行っている」と喧伝されているようです。あまりに不公平な話ですが、後宮に閉じ込められている獅苑様にはどうすることもできません。

もうひとつ、報告しなければならないことがあります。

世間では今上帝が、皇族用の離宮や先祖を祀る壮麗な廟を、必要以上に建てていると非難されています。それは事実ですが、理由があってのことだとわかりました。

皇太后は、皇帝からの政治的な要請の多くを退けているようですが、皇族の威光に頼っている立場ゆえ、離宮や先祖を祀る廟を建設せよという命令には、そう簡単に逆らえません。

獅苑様は、皇帝としての権限がほとんどない中で、そういう形で各地に雇用を創出したり、施設周辺の治水工事を実行させているのです。

瑯永は、わたしがすっかり騙されていると返事に書いてきたけれど、わたしはそうは思えません。わたしには、獅苑様が倒すべき暗君であるとはどうしても思えません。むしろ彼を後宮から救い出すべきです。彼は閉ざされた生活の中で、皆のために自分に何ができるのかを必死に考えています。

お願いです。どうかわたしの言葉を聞いて、よく考えて、獅苑様を敵視するのをやめてください。

◇◇◇

卿永へ長い手紙を書いた翌日の午前中、璃々は獅苑に言われて四妃の宮殿に使いを送った。陽慶殿に楽器の得意な妃嬪たちを招き、音曲を楽しみたいというのだ。

求めに応じて四妃は楽器を得手とする妃嬪たちを引き連れてやってきた。もちろん彼女たち自身も巧みな弾き手である。さらに獅苑も得意の古琴を弾いて合奏に加わるという。

陽慶殿の居間には着飾った女たちと様々な楽器が集まった。まだ初心者の璃々は入れないため、聴くだけである。それでも螺鈿細工も艶やかな楽器の数々は見ているだけで楽しい。

二刻ほど皆で合わせて奏じたところで、牡淑妃が朗らかな声を上げた。

「そろそろ休憩にしません？　実家から届いた茘枝《ライチ》を持参しましたの。皆で食べましょうよ」

茘枝は遠方の異国から運ばれてくる貴重な果物だ。皆が喜び、ひと息入れることになった。

獅苑は賽にお茶の用意をするよう指示し、妃嬪たちは思い思いくつろぐ体勢になる。

客が大勢いるため、何か手伝うことがあるのではないかと考えて、璃々も席を立った。

外廊下に出たところで、風にあおられた髪を手で押さえる。今日はずいぶん風が強い。

近くの部屋で賽を見つけ、手伝いを申し出たものの、慣れない者がいると逆に邪魔だと追い返された。

（それにしても言い方……！）

頬をふくらませて居間に戻る最中、やはり外廊下を歩いていた時に、ひときわ強い風が吹く。と、女性の短い悲鳴が上がった。

何かと思って首をめぐらせた瞬間、璃々の顔に何かが飛んできて貼りつく。

「んんっ？」

手に取ってみると、美しく漉いた料紙である。男の手跡と思われる文字が連なっており、最後には署名もあった。え？　と思ったとたん、当の料紙は奪われる。

「見ないで！」

青ざめ、こわばった顔で手紙を取り戻したのは、先ほどまで合奏に参加していた丹徳妃だった。璃々が見守る中、彼女はすばやく手紙をたたみ、懐に入れてしまう。そして璃々に向けて手を合わせた。

「璃々、後生だからこのことは誰にも言わないで！」

璃々はぽかんと相手を見た。淑妃と同じく商家の出身である丹徳妃は、いつもはまさに深窓の令嬢ともいうべき上品な身ごなしの人で、このようにすばやく動いたり、必死に何かをするということがない。

ぽかんとする璃々を目にして、丹徳妃は我に返ったように両手を下ろした。そして手紙を隠した懐を手で押さえ、小さく微笑む。

「ちょうど宮殿を出る時に受け取ったの。帰ってから読もうと思ったのだけれど、どうしても我慢できなくて……」

ほんのりと頬を赤らめた様子に、ぴんときた。

「恋文ですか……？」

「……えぇ。私が心から愛する人の手紙」

本来、皇帝の妃が他の人間に想いを寄せ、文を交わすなど決して許されない。何かにつけ締めつけの緩い今の後宮においても、見つかればさすがに罰を免れないだろう。だが……後宮の規律を司る内侍省はともかく、獅苑自身はさほど気にしないのではないか。

そんな予感と共に、璃々は大きくうなずいた。

「わかりました」

自分にも秘密はある。いまや璃々は完全に獅苑の味方で、故郷に手紙を書くのは彼を守るためであるが、それでも知られては困る事情がある。そういう意味では丹徳妃と変わらない。

「誰にも言いません」

はっきり約束すると、丹徳妃は大きく安堵の息をついた。

「ありがとう……」

「どんな人か、訊いてもいいですか？」

声を潜めての質問に、丹徳妃は誇らしげに心もち胸を張る。

「世界で一番ステキな人よ」

「ステキな殿方って、どんな人？」

「え？　そうねぇ……。その人と一緒にいられるだけで幸せだって、日々感じる相手……かしら？」

「そう感じるのですか？」

璃々の問いに、彼女はほろ苦い笑みを浮かべる。

「ええ、そうだったわ。彼と一緒にいられたのは、もうだいぶ前のことだけれど……」

話によると幼なじみの少年と想い合う仲だったが、八年前に父親の言いつけで後宮に入ることになり、その際に泣く泣く別れたという。

「今もこうして手紙を交わせる。それだけで幸せよ」

手紙を収めた懐を手で押さえ、ほんのり微笑んでそう言う丹徳妃は、獅苑と同じくらいさみしそうに見える。けれど気を取り直すように自分の頬をたたくと、彼女は璃々の手を引いて明るく言った。

「行きましょう。おいしい茘枝が待っているわ！」

丹徳妃と共に皆のいる広間に戻ると、あたりには瑞々しい香りが漂っていた。

妃嬪たちがきゃっきゃとはしゃぎながら、小さな実を手にしている。その間で、賽が皆の杯に茶を注いでまわっていた。

こちらに気づいた獅苑が顔をほころばせて手招きをする。

「おいで。璃々の分を取っておいたよ」

「ありがとうございます」

榻に座る彼の隣りに腰を下ろすと、彼は黒い実をのせた小皿を差し出してきた。

「食べ方はわかる？」

「なんとなく……」

荔枝を見るのは初めてだったが、周りを見れば大体わかる。

「皮をむいて、白い実を食べるんですね」

「そう。皮は硬いから、爪を傷つけないようにね」

獅苑はわざわざそう言ってくれたというのに、璃々は受け取った荔枝の実を手の中で持てあました。

黒い皮が本当に硬い。

「む……。むむ……？」

あっちをひっかき、こっちをひっかき、苦戦する璃々を眺め、獅苑はくすくす笑う。

「やってあげようか？」

「いいえ、自分でできます……っ」

かくなる上は、と力いっぱい爪を立てたところ、皮は大きく裂けた。が、勢いあまって白い実がつるりと飛び出してしまう。

「あ……！」

逃げた荔枝の実は、あろうことか妃嬪たちに茶をふるまっていた賽の顔めがけて一直線に飛んでいった。

皆が息を呑む中、彼はすばやく手のひらで受け止める。が、とっさのことで力加減ができなかったのだろう。開いた手のひらの中では茘枝が握りつぶされ、果汁でべとべとになっていた。

賽は思いきり顔をしかめて璃々をにらむ。

「どこの田舎者です？　俺にこれほど不快な思いをさせるのは」

怒気を露わにする近侍の姿を目にして、獅苑が大きく噴き出した。

「ぶっ、あははははは！」

皇帝の大笑を受け、妃嬪たちからも華やかな笑い声が上がる。

「ごっ、ごめんなさい！　気がついたら飛び出していて……っ」

璃々は焦ってしどろもどろに謝った。その間にも、何がそんなにおかしいのか、獅苑はお腹を抱えて笑い続けている。

賽はいかにも不機嫌そうな足取りでどこかに行ってしまった。と、くつくつと笑いを引きずったまま、獅苑が新しい茘枝の実を取る。

「むいてあげよう」

そう言うと、彼はいとも簡単につるりと黒い皮を取り、白い実を璃々に差し出してきた。

「口を開けて」

指示されるまま、雛のように口を開いた璃々のくちびるに、小さな実を指先で押し込んでくる。

「………」

甘く瑞々しい果実の芳香が口の中に広がった。おいしい。がしかし——それより何より、口を閉じる時にくちびるにふれた指の感触に、頭がいっぱいになる。

「おいしい？」

間近からのぞき込まれ、璃々は何度もうなずいた。すると彼は、新しい実をひとつつまむ。

「じっ、自分でやりまふ……っ」

手をのばすも、笑って逃げられる。

「いいから、やらせておくれ」

硬い皮を剝きながら、彼は柔らかい眼差しを向けてきた。

「今まで、誰かに世話を焼かれることはあっても逆はなかったからね。これでも楽しんでいるんだ。はい、おあがり」

白い実をくちびるに当てられて、璃々は口を開く。と、ふたたび口の中に冷たい実が押し込まれてきた。ぬれた指先がくちびるにふれる。頰が火照る。

わかっているのか、いないのか。彼は穏やかに微笑んだままこちらを見つめてくる。

「————……」

走ったわけでもないのに胸がうるさく騒いだ。どきどきと高鳴る鼓動が、息苦しいほどに胸を満たす。ひどく悩ましい気持ちがその中でぐるぐるして、眩暈がする。

そんな璃々を、周りの妃嬪たちは微笑ましげに見守っていた。


夕刻が近づくと、妃嬪たちはひとりまたひとりと去っていった。

獅苑付きの宮女として、璃々は全員を見送った。最後に辞去したのは四妃である。

「あなたには感謝しているのですよ」

拱手して見送る璃々に、芍貴妃がそう声をかけてきた。

隣りにいた蘭賢妃《らんけんひ》もうなずく。

「璃々が来てから、陛下は確かに明るくなられたわ」

「わたくしたち、陛下には幸せになっていただきたいの」

「あなたにしかできない支え方があるのだと思うわ」

牡淑妃と丹徳妃にも身に余る言葉をもらえて、璃々はとても誇らしい気持ちになった。

四妃は全員、獅苑が即位して数年以内に後宮に入ったという。獅苑と長い付き合いの彼女たちから、彼には璃々が必要なのだと言われ、大いに力づけられる。

しかし見送りを終えて広間に戻ったところ、そこに当の皇帝の姿はなかった。またふらりとどこかへ行ってしまったようだ。

彼を探してうろうろしていると、行き会った賽が声をかけてくる。

「何をしている、食堂へ行け。そろそろ夕餐の時間だ」

「獅苑様は？」

「外に出られた。おまえは先に食べていろと――おい、よせ。おひとりの時間を邪魔するな！」

賽の制止も聞かずに璃々は外に出た。

（どこ……？）

ひとまず陽慶殿を出て公園に向かう。獅苑は外の風に当たりながら散歩をするのを好むので、そこではないかと当たりをつけたのだ。とはいえ大きな湖も有する公園は広い。赤い夕陽に照らされた敷地内を走って姿を探すと、たっぷり一時間たってから、湖のほとりに立つ水亭《あずまや》にいるのを発見した。

「獅苑様……っ」

声をかけながら近づいて、どきりとする。日が暮れる前のたそがれ時。水亭の中に立つ獅苑は、今にも消えてしまいそうなほど儚く見えたのだ。思わず瞬きをする。

彼は湖の水面を見つめ、ぼんやりとしていた。心もとなく見えるのは、あたりが薄暗いせいだろう。そう自分に言い聞かせ、彼のほうに進んでいく。

「獅苑様——」

「璃々？　……こんな時間にひとりでうろついて。危ないじゃないか」

振り向いた獅苑の面に微笑が浮かんだ。いつもの彼に戻ったのを見てホッとする。

「わたしはすばしこいから平気です。獅苑様こそ——」

「私も常に監視されているから大丈夫だよ」

彼は目で周囲を示す。言われてあたりを見てみれば、確かに目立たない場所に棍《こん》を手にした宦官の姿があった。

「何か用？」

「いえ、お姿が見えないので、どこかなと思って……」

「……私の姿が見えないと、探すの？」

「はい」

大まじめにうなずくと、獅苑は「ハハ」と笑みをもらす。

「まいったな……。やっぱりおまえは子犬のようだ」

そして手をのばし、璃々の頭をぐりぐりとなでてきた。その時、水上から流れてきた一陣の風が、水亭を吹き抜けていく。

「――――」

獅苑が一瞬目をつぶった。

「どうかしましたか？」

「……右目に何かが入った」

「見せてください」

しきりに瞬きをする獅苑の前で、璃々が背のびをすると、彼は逆に背をかがめてくる。手をのばし、両頬をはさんで、璃々はうるんだ右目をのぞきこんだ。

「何か見える？」

「いえ、何も……」

「そうか。もしかしたら涙で流れたかもしれない。今は何ともないよ」

「そうですか。よかっ……」

ホッとした瞬間、端整な顔がすぐ目の前にあることに気づいた。鼻先がふれそうな位置で見つめ合う。

「…………っっ」

璃々は、夕陽のせいにもできないほど顔が真っ赤になるのを感じた。獅苑はいつもの、少しさみしげな優しい笑みを浮かべる。

「何だか照れてしまうな」

彼は自分の頬を包む璃々の手を、そっと外させて背筋をのばした。

両手が彼の手の中にある。大きな手だ。そして温かい。

「――――……」

言葉もなく見つめ合ううち、丹徳妃の言葉が脳裏によみがえる。

『その人と一緒にいられるだけで幸せだって、日々感じる相手……かしら？』

彼女は、いずれここからいなくなる。そんな予感がした。だがおそらく獅苑はそれを責めないだろう。離れていく人を快く見送るのが、彼の優しさなのだから。

そうして立つ彼の姿はいつも孤独に包まれている。

哀しい翳を宿す瞳を見上げ、璃々は心を込めて訴えた。

「わたしはどこにも行きません」

「そう？」

「絶対に、獅苑様を置いて行ったりしません」

「わかった、わかった」

頑是なく言い張る璃々を、彼はそっと抱きしめてきた。衣に焚き染められた、豊かな蘭麝の香りが鼻腔を満たす。力強く、温かい体温に包まれる。怖ろしいほどドキドキして、璃々も相手の身体に腕をまわす。

しかし高揚した気分は、続く言葉にあっという間に冷やされた。

「でも、そんなふうに決めてしまわないほうがいいよ。おまえは自由なんだから。いずれここから飛び立ったほうがいい」

真摯な言葉は彼の本気を伝えてくる。

言い諭す声は、ひとりで興奮した璃々の心を、湖の上を吹く風のように冷たく吹き抜けた。

獅苑の心の壁の正体は何だろう？

彼はなぜ人を遠ざけ、自らひとりになろうとするのだろう？

出会った時からたびたび感じていた謎が解けたのは、牡淑妃が求めた夜の船遊びの時のことだった。

後宮の湖は、対岸に立つ人の姿が見えるか見えないかというほど広い。

その日の夜、獅苑や妃嬪たちと共に湖のほとりにある桟橋に立った璃々は、目にしたものにあ然とした。

船遊びというのは、てっきり小さな船を何艘も浮かべて楽しむものかと思いきや、そこにあったのは、まるでそれ自体が楼であるかのような、三階建ての巨大な船だった。

先代の皇帝が宴のため特別に造らせたものだという。丹塗りの船は全体が赤く、さらに様々な色で側面に模様が描かれ、要所要所は金で飾られている。宴会場を三つ重ねたかのような構造で、それぞれの階に灯された灯籠が明々と船体を宵闇に浮かび上がらせていた。

一階と二階に立派な宴席が設けられ、屋上に上がれば周囲の景観を一望できる。船の周りには数えきれないほどの小舟が浮き、楽士たちが妙なる調べを響かせていた。暗い水面を無数の灯籠が照らす様は、陸とはまたちがった幻想的な風景である。どこまでも華やかな遊びだ。

妃嬪たちは喜び、楽の音に合わせてひとりまたひとりと舞を披露し始め、酔いも手伝っているのか羽目を外して楽しんでいる。

黄金の装飾もまばゆい奥座に腰を下ろした獅苑は、そんな妃嬪たちをいつもの穏やかな眼差しで眺めていた。自身は静かに酒盃を傾けている。いつもはあまりたしなまない酒を口にしているのは、妃嬪たちへの気づかいか。彼が飲まないと、女たちもそうそう飲めないだろうから。

璃々はそんな彼の隣りでぽつりとつぶやく。

「獅苑様が、船遊びをためらわれた理由がわかりました……」

普段どこに係留されているのか知らないが、この船をここまで運んでくるのに、いったいどれほどの人手と費用がかかったのだろう？　さらに小舟や漕ぎ手や楽士をそろえ、無数の灯籠に火をいれ、数百名分の宴席を設えるのに、どれほどお金を費やしたのだろう？

育ちのいい妃嬪たちに悪気はないはずだ。実家の邸や後宮でしか生きることを許されない彼女たちは、外の世界を知る術がないのだから。けれど璃々は知っている。どうしても考えてしまう。

一歩皇都を出れば、食うや食わずの民が大勢いる。都から離れるほど、飢饉の規模は深刻になっていく。飢えと病に苦しむ人々がこれを知れば、当然皇帝が国庫を食いつぶしていると考えるのではないか？

重い気分で考える璃々の頭を、獅苑がぽんとたたいた。

「ここにいる妃嬪たちは、厄介な私の運命に巻き込まれて割を食っている。このくらいの希望は聞いてやらなければね」

「後宮で華やかに暮らしているのに、割を食っているのですか？」

「その生活を長く保証できないから」

さらりと告げられた言葉に、璃々は「え……？」と声をもらした。

獅苑は哀しみとあきらめを湛えた眼差しで微笑む。

「皇太后らに食い物にされ、この国は疲弊しきっている。あと二、三年もすれば国中で叛乱が起き、暴徒たちが宮城になだれ込んできて私の首級をあげるだろう。──妃嬪たちの安寧はその時までだ」

「──……っ」

聞こえるか聞こえないかの、低いささやきに背筋が冷えた。一瞬、瑯永の計画が知られたのかと考える。だがすぐに、そうではないとわかった。

いずれ誰もがそういう手段に頼るしかなくなると、獅苑はすでに予見しているのだ。そして自分がその運命から逃れられないことまで理解している。

まことしやかに巷で噂されるデタラメな皇帝像が恨めしい。

「……後宮から抜け出そうとは考えないんですか？」

歯噛みしながらの璃々の問いに、彼は小さく笑った。

「恐ろしいことを訊くね」

「でも、試してみたことくらいはあるでしょう？」

「あるよ」

「どうでした？」

「失敗した。味方だと信じていた者が、実は皇太后の間諜だったんだ。そいつは出世し、私は棍で百回打たれて監視を増やされ、協力してくれた者は全員処刑された。……大失敗だ」

その瞬間、璃々はもしや、と考えた。だがとても口にできない。無言でいると、獅苑はうなずいた。

「あぁ、賽だよ」

「――……」

あまりにひどい話だ。璃々の目に涙が浮かぶ。それを目にして獅苑はばつの悪そうな顔になる。

「……すまない。話すべきじゃなかった」

「――……っ」

璃々は大きく首を横に振った。知らないよりは、知っていたい。彼の痛みを少しでも理解したい。共に受け止めたい。

涙を湛えた璃々の頬を、彼は手のひらで包み、今にもこぼれそうな涙を親指でぬぐってきた。

「やはり少し……気が立っているのかもしれない。このばかげた船に乗ることに」

「獅苑様……」

閉じ込められ、監視され、皇太后に逆らえるだけの力を持った味方はなく、よって脱出もかなわない。私費を投じて困窮する者に手を差しのべようにも、皇太后に多くをかっさらわれる。

何もかも封じられ、閉塞的な毎日に押し込まれ、それでも微笑んでいたのか。この人は。

その時、ここに来てから抱いていた多くの疑問が解けた気がした。

獅苑が大切な人を持たないのは、皇太后の思惑にのりたくないという理由だけではない。近い将来、国を傾けた大罪人として処刑されることを確信しているため。その場合、子供も、子供の母親も同じ運命を強いられると考えているのだ。

そして現状――民の怒りは、皇太后に向かないよう巧みに操作されている。

(根も葉もない獅苑様の悪い評判を広めているのは、たぶん皇太后様だわ……)

自分に逆らう者に容赦しないと言われる皇太后が、子供を作るという役目を果たさない獅苑を廃位せずにいるのは、おそらく積もり積もった失政のツケを払う人間が必要であるため。

皇太后は今の治世が、人々の恨みと憎しみを買っていることを理解している。皇帝の悪評を巷に流し、人心を獅苑に向けて、自分はその陰に隠れているのだ。仮に叛乱が起きた際には、獅苑を民衆に差し出して逃げる腹づもりなのかもしれない。

そして――獅苑にそれを止める力はない。

(何もかも、あきらめているのね……)

この後宮を包む奇妙に平和な空気の正体は、平穏ではなく諦念だったのだ。

何もかも、流れるままに身をまかせるしかない獅苑のあきらめが、妃嬪たちにもどことなく伝わっているのだろう。

璃々は獅苑にぴったりと身を寄せた。

「どうしたの?」

「わたしはどこにも行きません」

見上げて言うと、彼はほろ苦く微笑む。

「だめだよ。おまえはいずれここを出て幸せになるんだ」

「絶対、お傍を離れません」

「困ったな……」

大きな手が頭をなでてくる。璃々はくっついたまま目を閉じた。

彼の役に立ちたい。彼を守りたい。彼と一緒にいたい。たとえ振り向いてもらえないのだとしても。決意はますます固く定まっていく。

なぜなら璃々は獅苑のことが大好きだから。

この人と一緒にいられて幸せだと、心から感じるから。

第三章

「獅苑様、獅苑様」

璃々に呼ばれている。

この三年ですっかり耳になじんだ、雲雀《ひばり》のような声。

陽慶殿内の庭園で咲き初めの薔薇を眺めていた獅苑は振り向き――そして少し息を呑んだ。

（また少し背がのびたようだ……）

ここにやってきたばかりの頃の、十を幾つか越えたくらいにしか見えなかった子供はもういない。

栄養状態が良くなったためか、あるいは元々の素質か。十七になった璃々はすらりと背がのび、女鹿のように若々しくしなやかな美しさを匂わせる少女に成長した。――否。もはや少女の域をも急速に脱しつつある。

ふっくらとしていた頬はひきしまり、好奇心を宿してくるくるよく動いていた大きな瞳は、愛嬌だけはそのままに少しずつ落ち着いてきた。

娘らしい桜桃色の襦裙に身を包み、花を散らしたような櫛で髪を飾り、獅苑を見つけた喜びを隠そうともせず、笑顔を浮かべて小走りに近づいてくる。

その姿がまぶしく見えるのは、初夏の陽に照らされているせいばかりではあるまい。

「四妃の皆様が集まりました。でも、あの……お付きの宮女たちがすごい荷物を運んできたんです。いったい何が始まるんですか？」

言動は昔とさほど変わらない。彼女は今も、皇帝というよりも年上の親戚のように獅苑に接してくる。その自然な姿勢は彼女以外に持ちえない。

獅苑は璃々を見つめて微笑みかけた。

「それは後になってのお楽しみ」

「――――……」

少女の頬に朱が散る。

行こうか、と声をかけて歩き出すと、ぴったりと後をついてきた。

彼女の目はいつも獅苑だけを見ている。獅苑の姿を目にしただけで顔が輝き、どれほど遠くにいてもまっすぐに走り寄ってくる。何かとまとわりつき、全身で好意を伝えてくる。

少女の淡い想いは、獅苑にとって心地よいものだった。自らの行く末を知り、絶望と自暴自棄に枯れていた心に慈雨のような安らぎをもたらしてくる。

（まいったな……）

いつか来るその日まで、ただ同じ毎日をくり返し、何も生まず、何も残さず、少しずつ死んでいくだけの身だったはずなのに。

（この運命に巻き込んではならないと、わかってはいるのだが――）

獅苑がここに連れてこられたのは十四年前。激しい帝位争いによって、生い茂っていた皇族の金枝玉葉が枯れ果てた末のことだ。

唯一残ったのは、先帝が気まぐれに手をつけた、田舎の豪族出身の嬪を母に持つ獅苑のみ。政争を恐れた母が、先帝の死の混乱に乗じて息子を連れて故郷へ逃げたため難を逃れたのだ。

しかし皇子たちが死に絶えると、皇太后は獅苑のもとに兵を送ってよこし、故郷から無理やり連れ出した。止めようとした母は目の前で殺された。のみならず、皇帝の祖母として絶対的な権力の掌握を目論む皇太后は、「皇帝に外戚なし」という古来の慣習に従い、禁軍に命じて獅苑の母方の一族を滅ぼした。

皇都に着いてすぐ皇帝に即位させられた獅苑は、有無を言わさず後宮に放り込まれ、以降後宮の門から出る機会は一度もなかった。泣こうがわめこうが、皇太后は獅苑を決して外に出さなかった。そして次から次へと女をあてがってきた。

そこでようやく、自分は皇帝としてではなく、皇帝という名の種馬として呼び寄せられたことを理解した。皇太后は自分の血を引く皇統の子供がほしいのだ。

だが十五歳の獅苑は、そんな無情な思惑に屈しない程度には気位が高く、小賢しく、気概があった。

ある日獅苑は、一部の衛士や宦官、妃嬪たちを味方につけ、皇太后へ反旗を翻した。自分を朝議に参加させ、御璽を渡し、皇帝として当然の権利を行使させるよう主張し、外廷とつながる入口を突破しようと試みたのだ。

しかし皇太后は厳しい態度でそれに応じた。兵を送り込み、抗議の声を上げる者たちを、皇帝を利用しようとする国賊として誅伐《ちゅうばつ》させたのだ。獅苑の味方についた者たちは、あっという間に白旗を揚げた。

その後も何度か散発的に同じことをしたものの、結果はいつも同じだった。

次第に獅苑の計画はより巧妙になっていった。

考えうる限り慎重に、入念に下調べをし、ひそかに味方を集め、根まわしをし、実に二年という時間をかけて、皇帝としての権利を取り戻すための綿密な計画を練った。宮城内で兵による蜂起を起こし、皇太后を物理的に排除するという大がかりなものである。

決行の時には十八になっていた。大人になった分、自信もあった。だが――決行後まもなく、計画はあまりにもあっけなく潰えた。何のことはない。計画はすべてもれていたのだ。影のように常に付き従い、自らの手足も同然に使っていた近侍が皇太后と通じていた。

計画に関わった者たちは家族に至るまですべて処刑された。犠牲はあまりにも大きく、獅苑は立ち直るまでに長い時間を要した。

「獅苑様？」

呼びかけにハッと我に返れば、璃々が小首を傾げている。

「お顔が怖いですよ。何かありました？」

「いや――」

獅苑は暗い過去の記憶をため息とともに追いやり、微笑みを浮かべた。

「昼前に榻でうたた寝した時の夢見が悪くてね」

「悪夢ですか。どのような？」

「ひどく重く苦しい夢だった。目を覚まして理由がわかったよ。私の胸の上に、一緒になって寝ていた誰かが乗っていたんだ」

わざと眉根を寄せて言うと、璃々が「あ」とつぶやいて頬を染める。

「……すみません、……ぽかぽかといい陽気だったので、つい……」

昼寝をしている獅苑を眺めているうち、いっしょに寝てしまったのだ――と、もそもそと返してくる璃々に、くすりと笑った。

そんな彼女の存在に救われている。璃々がいなければ、獅苑はもっと味気なくさみしい日々を送っていたにちがいない。細い肩を抱いてうながした。

「行こう。皆が待っている」

宮殿の広間には四妃が顔をそろえていた。おまけに市場よろしく広い部屋いっぱいに店を広げている。

「わぁ……っ」

璃々が目を瞠った。それもそのはず。衣に、帯に、簪に、化粧品に……と、あらゆるものが一面に並べられているのだ。

牡淑妃が笑顔で口を開いた。

「わたくしたちが発案した遊びよ」

「遊び？」

「えぇ」

先日、四妃たちから獅苑のもとへ、年頃になった璃々を思いきり飾り立ててみたいという申し出があったのである。

璃々はいつも、動きやすさを重視した簡素な装いをすることが多く、化粧に至ってはほとんどしない。なのでそろそろ大人の女性としてのお洒落を学んでも良い頃ではないか、と四妃は訴えてきた。

『ほんの遊びですわ』

『わたくしたちの持っている衣裳を着せて、装飾品をつけてみたいだけ』

『璃々にとっても良い経験になると思いますよ』

瞳を輝かせる彼女たちの要望を断る理由はなかった。それに獅苑自身、見てみたいという気持ちがあった。

よってこういうことになったのだが――

「大変な量の衣類だな」

広間の入口に立ち、腕を組んで静観を決め込もうとした獅苑を、四妃たちが手招きする。

「何をのんびりなさっているのですか」

「この大変な量の中から、選ぶのは陛下ですよ」

「えっ？」

「璃々に似合うと思うものを、陛下がこの中から見繕ってくださいませ」

「私が……？」

獅苑は困惑した。女物の衣裳のことなど何もわからない。どう考えても役に立てそうにない。

しかし四妃から期待を込めた眼差しで見つめられれば、参加しないわけにもいかない。

獅苑は女たちの招きに従い、広間の中へ入っていった。

芍貴妃がきれいに並べられた衣の数々を指す。

「直感で結構でございますよ。まずは襦裙の組み合わせを選んでください」

「この中にお好きなものはありますか？」

「うーん、そうだな……」

獅苑は床に膝をついて並べられた衣裳を眺め、菫色の襦衣を手に取った。

「これなどどうだろう？　こういった色合いを着ているのは見たことがないが、似合うのではないかな……」

ぽかんと立つ璃々に向け、合わせるようにして吟味する。

菫色の地はほのかに大人っぽく、薄紅や桜桃色の芍薬の刺繍は可愛らしい。総じて大人になりかけの若い娘に合いそうだ。

牡淑妃がすかさず褒めてくる。

「素晴らしいですわ！」

「でしたら、合わせる裙はこちらがよろしいかと」

丹徳妃が臙脂色のものを手に取り、持ってきた。菫色に合わせると、若々しさを感じさせつつ落ち着いた印象になる。

「そうだね、いいと思う」

「装飾品はいかがでしょう？　まずは櫛から」

「うわ、こちらもたくさんあるな……」

繻子の上に数えきれないほど並べられた美しい髪飾りは、細工も形も様々で、どれも素晴らしい。その中から、四妃の意見も聞きつつ、襦裙に合いそうなものを幾つか手に取っていく。

すべて選び終わると、ひととき広間から退出して待つよう求められた。

璃々は終始居心地が悪そうだったが、四妃たちはひどくはしゃいで浮かれていた。明るい声が廊下まで響いてくる。

（まぁいいか……）

皆が楽しんでいるのなら何よりだ。

獅苑は苦笑をひとつこぼすと、廊下の窓枠に両肘をついて外を眺めた。外には人工の小川が流れている。宮殿を囲む庭園の一部である。涼やかな音を立てて流れる水を、しばし見つめていた獅苑は、ふと思い出して懐から紙片を引っ張り出した。

先ほど裙を見せてきた際に、牡淑妃がこっそり忍ばせてきたものである。

内容に目を通した後、小さくちぎって捨てる。紙片は風に乗って小川の中へはらはらと落ちていった。

（またひどくなっている……。いったいどこまで荒れるのか……）

とある地域の惨状についての詳細な報告である。淑妃の実家が抱える商人による手紙は、賽の手を通さない生の情報だった。

皇太后排除の大規模な計画が失敗に終わって以来、獅苑は姿勢を変えた。表面上は彼女に服従しつつ、皇帝としてできることを探す——食い物にされる民に寄り添い、いつか皇太后が斃れるその日まで、生きのびさせる方向に舵を切り替えたのだ。

そして死に瀕した民に手を差しのべるという名目で、牡淑妃と丹徳妃を通じて多くの商人と手を結んでいった。むろん皇帝の代理として外での実務を取り仕切るのは賽だ。しかし淑妃と徳妃から事情を聞いた商人らは、賽ではなくふたりを通して、ひそかに情報を寄せてくれるようになったのである。さらには皇太后に与する誰にも知られぬ形で、様々な協力にも応じてくれる。

結果、獅苑は賽にも悟られることなく、ひとつの希望を野に放つことに成功した。

今の朝政を転覆させるための劇薬である。

（許さない――）

自分の運命をもてあそび、大切な人々を無惨に殺し、戦乱と飢饉と疫病で荒廃した国を顧みず、途方もない犠牲にも、民の困窮にも目もくれず、ひたすら自分の欲望を満たすだけの政を続けている皇太后とその一味を、決して許さない。

（今度こそ失敗しない）

いつか叛乱が起きた時、皇太后だけは絶対に逃がさない。泥船からの脱出を図るであろう彼女を捕まえ、必ず共に滅びてみせる。

それが、自分の計画に巻き込んで犠牲にした人々、そして帝位にありながら何の手も打てずにいる間に失われていった無数の命に対してできる、唯一の償いである。

今の獅苑にとって大切なのは、いつか来るその日まで、いかに多くの人命を守れるか。

それだけだった。他のことは流れゆく川の水に等しい。

捉えることも、捉えられることもなく流れていく川の水――

「獅苑様！」

潑剌とした声に、重くて暗い思案が吹き散らされる。

窓枠から身を起こして振り返ると、そこには――華やかに装った璃々の姿があった。

「――……」

驚きに目を瞠る。

獅苑の好み通りの衣裳を身につけ、きらびやかな櫛や耳環で飾り、手をかけた形に髪を結い、艶やかな化粧をして立つ璃々は、まるで自分の知らない宮女のよう。

「こんな感じになりました。どうですか？」

いつものように小走りで近づいてきた後で、衣裳を見せるようにくるりと一回転する。

無邪気な所作を、息をするのも忘れて見つめた。

あまりにも新鮮な衝撃に、とっさに言葉が出てこない。

「とても……とてもよく似合っているよ。きれいだ……」

やっとのことでしぼり出した声に、彼女はそれはそれはうれしそうに顔を輝かせた。

それに対して、自分がきちんと笑みを返せているか自信がない。

(大切なものなど持つべきではない)

それは近い将来、手放さなければならないものだ。今まできちんと心得ていた。――その心が割れそうになる。

「ありがとうございます！　うれしい――」

飛びつかれ、思わず抱きしめ返した。いつもの通りだ。これまでにも毎日のようにしていたこと。それなのに。

その時、獅苑の胸の中で思いもよらぬものが生まれた。

（なぜ――）

なぜ、幸せになってはいけないのか。なぜ、奪われたまま朽ちなければならないのか。なぜ。

不条理に気がついたとたん、心臓が音を立て始めた。これまで壊れた発条《ぜんまい》のように、ことりとも動かなかった鼓動が、急に忙しなく暴れ出す。

「璃々、その……ちょっと、離れて……」

細い肩を少々強引に押しやると、彼女は「え？」と振り仰いできた。大きな瞳が、驚いたように丸くなる。それはそうだろう。

（くそ……）

おそらく自分の顔は今、みっともないほど赤くなっているはずだ。

広間の入口で、四妃がわけ知りの笑顔で見守っている。

（やられた――）

彼女たちの優しい罠に嵌められた。気づかされてしまった。

璃々がもはや、妹とは呼べないほど美しい大人の女になりつつあること。

いつの間にか、自分が思っている以上に心を奪われていたこと。

「獅苑様……？」

片手で顔を覆ってしまった獅苑の袖をつかみ、璃々が心配そうに声をかけてくる。

「大丈夫だよ、何でもない……」

平静を装って返しながらも獅苑は混乱した。胸が締めつけられる。

これはいったい何なのだろう？　袖をつかむ、なにげないしぐさにまで愛おしさを感じてしまう。気持ちがあふれ出してくる。

それを強い意志で抑え込み、璃々の手の中から袖を引き抜いた。

「何でもない」

顔を隠していた手を下ろし、まっすぐに見つめる。

想いを自覚したとしても決意は変わらない。今さら運命を変えることなどできない。

（璃々には絶対に手を出さない――）

獅苑は改めてそう誓った。

彼女が大人になるまで、自分は生きていないだろうから。

◇◇◇

その日、ちょっとした事件が起きた。璃々の部屋に、覚えのない品が届いたのだ。

実権がないとはいえ皇帝という立場にある獅苑のもとへは、たびたび献上品が届く。その一部がまちがって璃々のもとに来てしまったのだろうか？

そう考え、花卉模様が浮き彫りされた木箱を開けたところ、中に手紙が入っていた。

(誰かしら……？)

手紙を開いた璃々は、大きく目を瞠った。

「こ、これは……!?」

と、その時、部屋の外から足音が近づいてくる。

「璃々――」

賽の声だ。璃々はあわてて手紙を懐に隠すと、木箱を元通りに閉じた。そして続き間を通り抜けて、足音とは反対の出口から廊下に走り出る。そのまま直進したところ、ちょうど角から現れた獅苑とぶつかった。

「わぷっ……」

「おっと。……どうしたの？　そんなにあわてて」

不思議そうに訊ねてくる相手に、璃々はとっさに抱きつく。

「何でもないふりをしてください……！」

「え？」

声が聞こえたのか、そこに賽がやってくる。と、獅苑は璃々をぎゅっと抱きしめ、賽に向けて言った。

「ケンカをして、仲直りの最中だ」

と、賽はあきれたように返してくる。

「璃々、丹徳妃にあてた荷物がまちがっておまえに届かなかったか？　玄関で使者が騒いでいる」

璃々はぎくりとする心臓を隠すように、獅苑にしがみついたまま答えた。

「……知りません」

「部屋を確認するぞ」

「どうぞ」

くぐもった声が不機嫌そうに聞こえたのか、賽はそれ以上何も言わずに璃々の部屋へ入っていく。

姿が見えなくなったのを確かめて、ようやく獅苑から離れて息をついた。

「は——……」

「何だったの？」

「えぇと……」

首を傾げる彼の前で、もじもじと指をいじる。

「獅苑様は、四妃の誰かが男性と恋文を交わしていたら怒りますか？」

「いいや。まったく」

けろりとした答えにホッとする。だが後宮の規則では、それが発覚した場合、妃嬪も相手も重い罰を受けることになっている。

獅苑は、璃々の襟元からはみ出している紙片に目を留めた。

「恋文を見つけてしまったの？」

「はい……」

璃々は文を引っ張り出す。

「丹徳妃にあてて、李辰安《りしんあん》という方から」

璃々のつぶやきに、獅苑がすっと笑顔を消した。

「何だって？　見せて——」

獅苑はやや強引に手紙を手に取ると、中身に目を通して思案顔になる。

真剣な顔つきに不安が頭をもたげ、璃々は小さく声をかけた。

「……何か問題ですか？」

以前にも、同じ人が彼女にあてた手紙を目にしたことがある。丹徳妃は恋人だと言っていた。璃々もそう信じて黙っていたが、いけなかっただろうか？

ややあって獅苑は手紙をたたみ、自分の懐にしまい入れた。

「……璃々、丹徳妃を呼んでくれる？　手紙のことを誰にも悟られないように」

「はい」

璃々は早速、丹徳妃に手紙を書いて彼女の宮殿に届けてもらった。

二胡の得意な徳妃を、質のいい絹弦を入手したという口実で陽慶殿へ招いたのだ。獅苑が合奏を希望しているので楽器も持参してほしいとも添えた。これで自然に迎えることができる。

獅苑は獅苑で、用事を言いつけて賽を宮殿から遠ざけた。その用心のしかたにますます困惑する。

「李辰安とは何者なんですか……？」

「中書令の縁戚の武人だよ。禁軍の将だ」

「それって――」

璃々のつぶやきに彼はうなずく。

中書令といえば、皇太后の意向に従い、朝政を動かす宮廷百官の長である。その縁戚であるなら筋金入りの皇太后派にちがいない。

その男と恋仲ということは、丹徳妃も向こう側の人間なのだろうか？

（まさか！）

四妃は皆、獅苑の最も近くで、長年家族のように彼を支えてきた女性たちだ。中でも丹徳妃は、牡淑妃と共に実家を通して彼の投資事業にも協力している。そんなはずがない。

重い沈黙の中で待っていると、やがて二胡を手にした丹徳妃が青ざめた顔で現れた。獅苑の前までやってくるや、その場に跪拝《きはい》する。

「陛下……」

「璃々が君への手紙を見つけた。差出人は――」

獅苑の言葉を遮るように、徳妃が答えた。

「李辰安」

「説明してくれるね？」

「……彼は、父の商売相手の息子でした。後宮に入る前、私は彼と恋仲でした」

「――……」

彼女は床にひれ伏して訴える。

「後宮に入るに当たって一度は別れたのです！　しかし……五年ほど前、私に陛下のお手がついてないと知った彼が連絡をよこすようになり……。今もまだ想っていると……。私もうれしくて、それからたびたび文を……」

「……私の言いたいことはわかるね？」

獅苑の問いに彼女はうなずいた。李辰安が彼女を取り込んで、獅苑がひそかに行っている諸々の活動についての情報を手に入れようとしているのではないか――それを懸念しているのだ。

「私は間諜ではありません！」

徳妃は顔を上げ、必死に言った。

「彼から何も訊かれてはおりませんし、私も話していません。私も彼も本気です！　想い合いながら、互いに立場がちがうことに苦しんでいるのです！」

そう言いながら床についていた手をにぎりしめる。

「私に獅苑様を裏切ることなどできるはずがありません。――同じように、彼は己の一族を裏切ることができないのです……」

「――……」

「申し訳ありません。運命に殉じるより他にない獅苑様に最後までお仕えする覚悟でしたのに、彼を思い切ることもできず、ずるずると……」

丹徳妃は何度も「申し訳ありません」とくり返す。そして膝をつき、床に額をつけるようにしてひれ伏す彼女のもとに向かった。そして獅苑は立ち上がり、肩に手を添えて顔を上げさせる。

「謝る必要はないよ。こちらこそ疑って悪かった」

「いえ……っ」

「李将軍は本当に信用できる人間なの？」

「はい。彼は公正で実直、禁欲的で曲がったことがきらいな、絵にかいたような武人です。嘘をつくのがとても下手で……」

「恋の詩を作るのは？」

いたずらめかした問いに、ようやく丹徳妃の顔に笑みが浮かぶ。

「嘘をつくより、もっと下手です」

くすくすと笑い、獅苑は彼女を立たせた。そしてまっすぐに見下ろす。

「君は私の大切な戦友。幸せになってほしい」

「獅苑様……」

「ただ――もし君が私を最後まで支えてくれようとしているのなら、ひとつ頼みを聞いてくれる？」

◇◇◇

丹徳妃に告げた獅苑の頼みとは、辰安を味方に引き入れるよう説得することだった。

はじめのうち徳妃は逡巡を見せた。これまで彼女と辰安の間には、相手の立場を慮り、互いに情報や協力を求めないという暗黙の了解があった。もし自分がその禁をおかせば、彼も立場をはっきりさせざるをえなくなる。それはふたりの関係の終わりを意味するかもしれない、と。

しかしそんな彼女に獅苑はとっておきの切り札を出した。もし辰安を味方につけることができたなら、後宮でふたりが密会できるよう取り計らうと申し出たのである。

これまで手紙のやり取りに終始していた丹徳妃にとって、その条件は無視できないものだったようだ。

数日もしないうちに、獅苑は璃々に協力を求めてきた。ふたりで遊びに行くふりをして公園に向かう。しかし丹徳妃の宮殿である梅花殿の前で、具合が悪くなった芝居をしてほしい、と。

璃々はぴんときた。

「獅苑様が、怪しまれることなく梅花殿を訪ねるためですね？」

獅苑はおそらく李将軍をひそかに後宮へ招き入れたのだろう。しかし賽の目を考えれば、陽慶殿へ呼ぶのはあまり得策ではない。よって梅花殿でかくまうよう丹徳妃に頼んだのではないか。

そして自分が、監視の目を欺き自然に梅花殿の中に入るために小芝居をしようというのだ。

獅苑は穏やかに微笑み、璃々の頭をぽんぽんとなでてきた。

「察しがよくて助かるよ。私は梅花殿で客人と会うから、おまえは丹徳妃とお茶をしていておくれ」

「はい」

というわけで次の日、璃々は獅苑と歩いて公園に向かう最中に、言われた通り梅花殿の近くで立ち眩みを起こしたふりをしてしゃがみ込んだ。獅苑もまたあわてる素振りで、梅花殿の宮女を呼ぶよう監視役の護衛に命じ——共に当然の成り行きとして宮殿へ招き入れられる。

その後、丹徳妃はあらかじめ辰安が隠れていた自室に獅苑をひとり残し、璃々を促して廊下に出た。隣室に入ったところで、璃々は彼女にささやく。

「李将軍がいらっしゃるの、早かったですね」

「やはり彼も、私と会えるように取り計らってくださるという陛下の申し出は一蹴できなかったみたいで……。とりあえず話を聞くだけ聞いてみると……」

「問題なく忍び込んでこられました？」

「えぇ。陛下のご助力があったから」

彼女は共犯者の微笑みを浮かべた。

さすがに徳妃の力だけでは、外部の人間を――それも男性をここまで引き入れるのは不可能だという。しかし獅苑が味方につけている宦官の協力のおかげで嘘のようにすんなり実現したと、丹徳妃は終始笑顔で話した。

そう。お茶をいれている時も、飲んでいる時も、彼女はずっと笑顔を浮かべていた。どうも顔を引き締めることができないようだ。つられて璃々も笑みがこぼれてしまう。

「丹徳妃、うれしそうですね」

「それはそうよ。彼の顔を見るのは八年ぶり。八年よ？　八年」

「長いですね」

現在十七歳の璃々からすると年齢の半分ほどだ。徳妃は頬を朱色に染めて遠くを見つめる。

「彼ったら信じられないほど立派になっていて……。声だって、記憶にあるよりもずっと男らしくて……。ダメ。どうしても顔がにやけてしまうわ。幸せすぎて」

そう言って微笑みながら、彼女の目には涙が浮いていた。

「何か悲しいことが……？」

「いいえ、ちがうわ。うれしいからよ。幸せだから泣けてくるの」

手巾で涙をぬぐって笑う丹徳妃は、とても美しかった。確か璃々よりも七つ年上だったか。これまでは、はきはきと意見を言う頼もしいお姉さんといった印象だったが、今はそう見えない。

今の彼女は、初恋に胸をときめかせる乙女そのものである。

「獅苑様に感謝しなければね。こんなに早く再会できるなんて思ってもみなかった……！」

手巾を目頭に当てて言う彼女の背に、璃々は手を置いた。

「話し合いがうまくいけばいいですね」

そうすれば、これから丹徳妃と彼は定期的に逢瀬を重ねることができる。――となると隣りの部屋の様子が気になってきた。それに、美しい丹徳妃がそこまで惚れ込む相手がどんな人なのか、気になってしかたがない。

「わたし、ちょっと……」

そわそわした気分を堪えきれなくなった璃々は、徳妃にそう言い置くと、するりと庭に出て、獅苑たちのいる部屋の花窓の下へと忍び足で向かった。しゃがみ込んで聞き耳をたてようとしたところ、後をついてきた徳妃がひそひそ声でたしなめてくる。

「璃々、何をやっているの?」

「しーっ」

「ダメよ、盗み聞きなんて……」

「どんな話をしたのか知っておけば、もしふたりが決裂したとしても、わたしたちで仲を取り持てるかもしれませんし……」

「――……」

璃々もひそめた声で返しながら、窓の外から室内をこっそりとのぞく。と、椅子に腰を下ろす獅苑と、その前に跪拝する辰安の姿が目に入った。

辰安は確かに、武人らしく鍛えられた体格の美丈夫だった。が、璃々の目にはさほどカッコよく映らない。獅苑のほうがずっとステキである。

すらりとした雅やかな佇まいに余裕のある物腰、穏やかな微笑み。優しそうに見えて意外に策士なところ。どこを取っても獅苑はたまらなく魅力的だ。ことに時々微笑んで、「ん?」って振り返る顔など——

椅子に座っていた獅苑がふいにこちらを振り向き、璃々はあわてて窓の下に頭を引っ込めた。

(危ない危ない!)

皇太后の手の者によって常に監視されている彼が、人の気配にひときわ敏感であることを忘れていた。ドキドキしながら息を潜めるも、気づかれた気配はない。

丹徳妃と並んで窓の下に身を潜め、耳をすませていると、かすかに室内の会話が聞こえてくる。

「このままでは遠からず乱が起きるのは必至と、私は考えている」

静かな獅苑の言葉に、拱手する辰安が硬い声音で応じる。

「……僭越ながら私も同意見です。すでに地方ではその兆候が散見されております」

「知っての通り私は国政に携わることはもちろん、ここから出ることもかなわない。だがそれでも苦しい国情に際して、できることが多少はある。現在、皇太后の許す範囲内で私財を増やし、食糧に変えて貧困地域に配ってまわっている」

「あれは……陛下の試みでしたか」

貧困地域へのひそかな支援については宮廷でも噂になっている。皇太后の意向という話だったが、彼女の人柄を知ればこそ信じる者は誰もいなかった。誰か、心ある篤志家の働きだろうと思われていた。――辰安の説明に、獅苑はほろ苦くうなずく。

「この苦しい時代を、ひとりでも多くの民に生き抜いてもらいたいと思えばこそ」

「……ご立派です」

「だが外に出られない私に代わり、近侍の賽が手配の一切を仕切っている。知っての通り賽は皇太后の命に逆らえない立場ゆえ、事業は彼女に筒抜けで、儲けの中抜きがひどい」

「私で何かお役に立てますでしょうか？」

「もし協力してもらえるなら、投資の一部をおまえにまかせたい。そうすれば得た利益をそっくりそのまま困窮する地域への救済に活かせるようになる。また禁軍の将であるおまえなら、軍の物資と共に支援物資を各地へ運ぶこともかなうはずだ」

積極的に皇太后を裏切れとは言っていない。だが、彼女の知らないところで皇帝のために動けと求めている。そう受け止められてもしかたがない。

果たして彼はどう出るのか……。

「――……」

誰にとっても長い沈黙の果てに、辰安は重々しく口を開いた。

「……この国の法では、皇帝は至上の存在にして、臣民から税を取ることはあっても逆はありえません。たとえ皇太后様といえど、陛下から金品を徴発するのは天の定めた法に反しております」

厳かに答えた後、彼は顔を上げて獅苑を見据える。

「ひとつだけ確認させてください。――この話、お受けすれば徳妃との件、お認めくださるという言葉に偽りはございませんな？」

「もちろん。手の者である宦官に命じて密会の手筈を整える。月に一度であれば難しくない」

辰安は拱手したまま、恭しく頭を下げた。そして力強く言う。

「人助けの協力でしたら望むところ。私も国の荒廃には胸を痛めておりました。何かできることがあるならば、むしろやらせてほしいくらいです」

「――――……!!」

窓の下で、璃々は丹徳妃と顔を見合わせた。

（やった！　獅苑様と辰安様が手を組んだ！）

声を出さずに笑顔で握手し、つないだ手を大きく振る。よほどうれしいのだろう。徳妃の手には痛いほどの力がこもっていた。これが盗み聞きでなければ大声ではしゃいでいたところだ。

　喜びに興奮しながら、ふたりで足音を殺して隣室に戻り、素知らぬ顔で部屋から出てきた獅苑を迎える。

　獅苑は穏やかに丹徳妃に告げた。

「見送りはいい。君は璃々の介抱に尽力して少し疲れてしまったことにするから、部屋にお戻り」

　丹徳妃は目に涙を浮かべてうなずく。

「陛下……、本当に、何てお礼を申し上げればいいのか……っ」

　そんな彼女の肩に手を置くと、獅苑は肩越しに璃々を振り返った。

「おいで。帰るよ」

「はい！」

　璃々は弾む足取りで近づき、彼と腕を組んで歩き出す。廊下に出ながら獅苑は苦笑した。

「具合が悪くなった人間にしては元気すぎるな」

「丹徳妃とお話ししていたらすっかり元気になりました」

　宮女が呼んでくれたのだろう。梅花殿の前には馬車が停まっていた。その馬車に乗り込み、ふたりで陽慶殿へ戻る。

　馬車が走り出してしばらくして、璃々は首を傾げて訊ねた。

「話し合いはどうなったんですか？」

　獅苑は小さく笑い、そんな璃々の鼻の頭をつまむ。

「おまえたちに我々の声が聞こえていたのだから、おまえたちの声もこちらに届いていたとは思わないのかい？」

「……すみません……」

　どうやら盗み聞きはバレていたようだ。彼は満足そうに微笑んだ。

「これで賽の裏をかきやすくなる。大きな前進だ」

　目を細めての薄い笑み。悪い笑顔だ。彼の端正な顔にはそんな表情もよく似合う。璃々は見とれながら「というと？」と訊き返した。

「貧民を助ける活動は初手に過ぎない。協力を通して李将軍とじっくり信頼関係を築いていく。そうすれば彼は、最終的には完全にこちら側につく。性格的に、これまで皇太后の下で民を虐げる任を強いられるのは不本意だったろうからね」

「丹徳妃も言っていました。辰安様は、獅苑様の人となりを知れば、きっと力になりたいと思うはずだって」

「璃々のおかげだ。いいきっかけを作ってくれた。ありがとう」

「そんな……」

大切なものを見る目でじっと見つめられ、璃々の頬が赤く色づく。ドギマギする璃々の頬を片手で包み、親指で愛おしげになでた後で、獅苑は額に口づけてきた。

「おまえはいつも、私に救いをもたらしてくれる」

（いえ！　機を逃さずものにする獅苑様の手腕があればこそです……！）

そう訴えたいのだが、感動で声が出ない。それに顔が熱い。リンゴのように熟れているのがわかる。カチンコチンに固まった璃々の肩に腕をまわし、自分に引き寄せると、獅苑は窓の外を見やった。

ガラガラと馬車の車輪の音と振動、そして優しい体温を感じながら、璃々は獅苑にもたれかかって目を閉じる。ふわりと、いつもの蘭麝の香りが漂ってくる。

（幸せ……）

一瞬ごとに気持ちが募る。この上なく、完全に好きだと思っていても、次の瞬間にはさらなる好きがあると気づかされる。

獅苑はもちろん、璃々の想いを知っている。けれど妹というには親密な――絶妙な距離を保ったまま、鷹揚な大人の物腰で、静かな笑みを浮かべて、璃々の気持ちのすべてを受け流してしまう。

確かにここにある気持ちを見ないふりで、優しい関係だけを維持しようとする。

（ずるい……）

おそらく獅苑が思っているよりもずっと、璃々は彼のことが好きだ。何とかしてそれを思い知らせる方法はないものか。ないもののように扱われている気持ちを、少しでも彼にわかってもらいたい――

その時、璃々はふと気がついた。獅苑のくちびるがすぐ近くにある。

（――……）

ごくりと息を呑んだ。心臓が大きく強く跳ねまわる。

「獅苑様――」

上ずった声での呼びかけに彼が振り向いた瞬間、璃々はぎゅっと目をつぶって、自分のくちびるをそこに押し当てた。

温かくて柔らかい感触に、壊れそうなほど鼓動が忙しなく騒ぐ。

ほんの数秒――幸せすぎて意識が飛んだ。

くちびるが重なるのは、それほどに特別な体験だった。

ゆっくりと顔を離すと、獅苑はぽかんとしている。

「……獅苑様がびっくりされている顔、初めて見ました」

その声で我に返ったのか、次の瞬間、獅苑は強い力で璃々の肩を押し戻してきた。

「二度としてはいけない」

厳しい顔で見据えてくる。今度は璃々が驚く番だった。

「え……っ」

「いいね？　約束するんだ」

直前までとは打って変わった怖ろしい眼差しに射すくめられ、璃々は思わずうなずく。

すると獅苑は璃々の肩を抱いていた腕を放し、自分の胸の前で腕組みをした。そして窓のほうを向いてしまう。顔の角度が先ほどとは違う。そっぽを向かれたのだ。

「――――……」

璃々はくちびるを引き結んだ。

（どうして……？）

厳しい視線を思い出すだけで泣きそうになる。でも涙をこらえた。ここで子供のように泣きたくはなかった。

自分だっていつも勝手に璃々の頭をなでたり、肩を組んできたり、抱き寄せたりする。

それなのに璃々はやり返してはいけないのか。そんなに怒らなくてもいいだろうに。

（ひどい――ひどい……！）

納得のいかない璃々は、獅苑と同じように腕を組み、身体を反対側の窓に向けた。そのまま馬車が陽慶殿に着いても背を向け続ける。

「璃々、とりあえず降りなさい」

先に降りた獅苑が声をかけてきても無視をする。と、迎えに出てきたらしい賽のあきれた声が聞こえてくる。

「またケンカですか」

「具合が悪いんだ。それなのに怒らせてしまった」

ため息をつくと、獅苑はふたたび馬車に乗ってきた。そして腕を組んで壁を向く璃々をひょいと抱き上げる。

「このまま夜まで馬車の中に置いておくわけにはいかないからね」

「さわらないでください！」

「こら、暴れないで。おとなしくしないと賽に運んでもらうよ？」

「絶対いや！」

「ご冗談を」

璃々と賽の声が重なる。

結局璃々は、ふくれ面のまま部屋まで獅苑に運ばれるはめになった。目的の場所に着くと、寝台の上にそっと下ろされる。まるで大切な宝物のように。

その後、彼は璃々の頭をひとなでして出て行った。

璃々が恋をするのは許さないくせに、自分は璃々に優しくしてくる。ずるい。何てひどい。

「本当にずるい……」

泣けてくる。駆け引きのひとつもできず、子供じみた態度しか取れない自分が情けない。

(もっと大人になれば、獅苑様を篭絡できるのかしら……?)

毛布にくるまって丸くなって数刻。いいかげん空腹が我慢できなくなった頃、誰かが部屋に入ってくる気配がした。卓子の上に盆を置く音がして、美味しそうなゴマ油の香りがかすかにただよってくる。

「食事を持ってきたよ」

案の定、近づいてくるのは獅苑の声だった。ぎしりと音がして寝台が揺れる。腰かけたようだ。肩に手がふれる。

「仲直りしよう、璃々。おまえの顔を見られないのは、私もなかなかつらいから」

璃々は彼に背を向けたまま、もそもそと言った。

「ふざけたように見えたかもしれませんが……、とても勇気を出したんです」

「そう……」

困ったような、頼りない返事。こちらの気持ちをちゃんとわかっているのか、いないのか。璃々は起き上がり、寝台の上に座って彼に向き直る。

「怒らなくてもいいでしょう!?」

「ごめんよ」

そう言いながら、獅苑は何げなく璃々の頭にふれようとした手を直前で止めた。璃々は彼の手をつかみ、自分の頭に置いてなでさせる。

彼はホッとしたように、くちびるに柔らかい笑みを浮かべた。いつものように璃々の頭をなでながら、すまなそうに言う。

「おまえが思っているほど、私は強くないから。――かわいい口づけを受ければ、生きる喜びを感じて心が揺れてしまう」

「え……?」

「だが、そういうものは極力覚えたくないんだ。何もない、平穏で空虚な人生のまま終わりたい。未練など残したくない」

「――……」

静かにこちらを見つめる瞳に胸を衝かれた。ぞっとするほど悲しい眼差しが、雄弁に伝えてくる。

璃々と恋をしたくないわけではない。ただ——避けがたい別れのある身で想いを交わせば、最後の時によりつらくなってしまうから、深い関係にはなりたくない。

希望も喜びもいらない。

いつか来る死だけを見つめて、それまでの時を穏やかにやり過ごしたい。

「獅苑様……」

断固とした決意のこもった眼差しを受け、璃々の頭は少しずつ冷えていった。獅苑は、無責任に恋を楽しめる立場の人ではなかった。その事実を思い出し、独りよがりの想いを胸の奥に封じ込む。

(それなら……わたしは、獅苑様を最後まで支える存在でいたい……)

璃々は、あえてちょっと拗ねた口調で返す。

「…そんな顔をするのは卑怯ですよ。いやって言えないじゃありませんか」

獅苑はいつもの余裕を取り戻して応じた。

「それなら、おまえ以外には見せないようにするよ」

璃々を軽く抱きしめて、うれしそうな微笑みを浮かべる。

さも愛おしげな優しい眼差しで見下ろしておいて、恋をするなと言うなんて。やっぱりずるい。

それでも璃々は今、彼の傍にいられることを幸せと感じずにはいられなかった。

第四章

「わたしが勝ったら、一緒にお昼寝してください」

将棋の駒をつまみ、璃々はしごく真剣なおももちで言う。

獅苑はすました顔で返してきた。

「そうすると全力で負かすことになるけど、いい？」

「何でですか!?」

「賽が小言を言いに来るからおちおち寝ていられない」

後宮の秩序を守る内侍省に属する賽は、宮女としての立場がどうとか何かと口うるさい。

共に昼寝をしているのを見ると、いつも璃々を起こして連れ出そうとする。

「賽の言うことなんか気にしなくていいですよっ」

「おまえもすっかり大きくなって、このところ榻が手狭だ——おや？　そこに指していいの？　私が勝ってしまうよ？」

くすくすと笑いながら言われ、璃々はハッと駒を引き戻した。

「待って、待って……」

駒をにぎりしめ、良い手を必死に考える。

「はいはい」

獅苑は手の届かない大人の微笑みを浮かべ、優しく見守っていた。

そう。獅苑と璃々の日常は概していつも通り。いたってこれまで通りである。

「────……」

(悔しい……)

璃々の口づけを発端に、些細なケンカをした日から十か月ほど。

璃々は花も恥じらう十八歳になっていた。加えてこれまでしなかった化粧をし、お洒落にも気を使っている。四妃たちが使わなくなった衣類や装飾品を山のようにくれたので、日々あれこれ張り切って彼女たちのように装っているのだ。

彼女らの戯れにより、着飾った姿を獅苑に披露した、あの時。獅苑が一瞬見せた赤い顔が、璃々の女心に火をつけた。一瞬とはいえ確かに彼は動揺していた。璃々の姿を見て、心から驚いていた。

(わたしでも、獅苑様のお心を動かせるの？　美しいと感心してもらえるの？)

獅苑の目を楽しませたい。キレイと思われたい！　こんなに美しく育ったのかとドキドキさせたい！

そんな期待に胸がふくらみ、俄然お洒落に興味を持った。

にもかかわらず獅苑の態度はまったく変わらない。ひとまわりの歳の差の余裕を見せ、着飾っては「きれい？」と訊ねる璃々を、「天女のようにきれいだよ」と鷹揚にあしらってしまう。

ここに至ってようやく気づいた。あれは単に、四妃たちの衣裳や金銀宝玉の装飾品をつけた璃々の姿を初めて目にして、めずらしさに驚いただけなのではないか、ということに。

(見慣れてしまえば普通なのね。はー、残念……)

ちなみに将棋も相変わらず獅苑のほうが強い。璃々もここに来たばかりの頃に比べればだいぶ上達したと思うが、結局、今日も大敗を喫してしまった。

「本当に手加減なく打ち負かしてくれましたね！」

璃々はぷぅぅっとふくれて榻に横になる。獅苑に背を向けて、全身で不満を表明した。

そうかそうか。そんなに一緒に昼寝をするのがイヤか。

「璃々、こっちにおいで。お菓子を食べよう」

獅苑は笑みを含んだ柔らかい声で誘ってくるが、お菓子なんかで懐柔されてなるものか。

ぷりぷり怒ってそう考えるも、少し時間がたつと、些細なきっかけで腹を立ててしまったことへの反省が生まれてくる。

(丹徳妃は月に一度しか好きな人と会えないでいるというのに……)

それ以外は手紙を交わして想いを伝え続けるだけ。自分だったらそんな日々に耐えられるだろうか？

たとえばこの先、璃々が後宮を追い出されてしまい、獅苑と月に一度しか会えなくなってしまうとしたら……。

(────……)

想像しただけでじわりと涙が浮かんだ。彼の傍にいられるだけで感謝すべきだ。その他の些事に怒っている場合ではない。

(でも……)

一度へそを曲げてしまった手前、すぐには元に戻りにくい。

気まずい気分で榻の背もたれを眺めていると、そのうち、古琴をつま弾く清らかな音が響いてきた。

「────……」

彼の性格がにじみ出るような、しっとりと落ち着いて、優しい曲だ。逆立っていた璃々の心が穏やかに包み込まれる。ほどなく璃々はゆっくりと身を起こし、獅苑を振り向いた。

弦に目を落として演奏をしながら、彼はぽつりと訊ねてくる。

「元気出た？」

「……ずるいです。これじゃ機嫌を直さないわけにはいきません」

そう言うと、彼は小さく笑った。

「璃々がずっと幸せでいられますようにって、願いを込めて弾いているからね」

（……ずるいです）

璃々はもう一度心の中でつぶやいた。

こんなに好きなのに、決して近寄らせてくれない。なのに背を向けようとすると、どこまでも優しく振り向かせようとしてくる。しかし彼は決して璃々に心を乱さない。

『何もない、平穏で空虚な人生のまま終わりたいんだ。未練など残したくない』

あの言葉を彼は今も守り続けている。

何ひとつ見返りを求めず、ただあふれんばかりの優しさで璃々を包み込んでくる。

こんなに不公平なことがあるだろうか？

璃々は演奏する獅苑を切なく見つめた。想いを伝えて彼を苦しめたりしないと決めた。

それでも恋心は後から後からあふれ出てきてしまう。

共に時間を過ごすほどに気持ちが募る。泣きたいほどに好きだと感じる。

なのに彼は口癖のように言う。

『ここを出て行きたければ、いつでもそうしていいよ』

（わたしは絶対に離れたくない！　でも——）

獅苑は決してそう望んでくれない。縛りつけてくれない。求めてくれない。璃々に何ひとつ期待してくれない……。

「……獅苑様を望んではいけませんか？」

古琴の清らかな旋律の合間に、璃々はぽろりとつぶやいた。

「わたしは、獅苑様がいいです」

「何もしてやれない」

「充分よくしていただいています」

獅苑は演奏しながら、こちらを見ないで応じる。

「幸せになってほしい」

「わたしは今、幸せです」

「…………」

「幸せです……」

くり返し言うと、彼は演奏の手を止めて顔を上げた。

「おいで」

差し出された手を無視して、璃々は彼に抱きつく。獅苑も璃々を抱きしめてきた。一分の隙間もなくぴたりとくっつく。身体が熱い。そんな自分を押しつけるようにして、璃々は悩ましく言う。

「こんなの、獅苑様を困らせるってわかっています。困らせてはならないと、いつも思っています。それでもわたしは――」

獅苑様のことが好きです、という言葉を何とか飲み込んだ。苦しい。想いを伝えられないことが苦しくてたまらない。

(最後まで獅苑様を支えるだけでいいって、そう誓ったのに……！)

生来正直な璃々は、生まれてくる感情を封じるのがどうしても苦手だ。

「――」

獅苑も心得ているのだろう。彼はつらそうに眉根を寄せた。何かを堪えるように抱きしめた後、断固とした手つきで璃々の肩を押し、ゆっくりと身を離す。

「……清いままでいなさい。いつかここを出る日まで」

手つきに反して、その声はひどく心もとなく――璃々は本能的な勘のようなもので、あとひと押しだと感じた。

が、その時、廊下のほうから足音がして、竹簡《ちくかん》を山積みにした賽が姿を見せる。

「陛下。丹家から収支についての報告が届きました。お部屋に置いておきましょうか？」

「……いや、ここで読もう」

賽は、獅苑にくっついている璃々を咎めるように一瞬だけ目をすがめた。しかし何も言わない。場の空気を読み、いつもと様子がちがうことを察したようだ。

持ってきた竹簡の山を卓上に置いた後、彼は懐から一通の書状を出してその横に並べた。

「おまえにも来ているぞ、璃々」

◇◇◇

璃々へ。

このところ手紙が途絶えているので心配している。何事もなく暮らしているならいいが、たまには便りをよこしてくれ。

それからひとつ悪い報せを伝えなければならない。

俺の母が急な病で倒れた。医師が言うにはもう長くないらしい。おまえにとっては母代わりの伯母。死に目に会いたいだろう。母も死ぬ前に一目おまえの顔を見たがっている。許可を得て一時的に後宮を出てこられないだろうか。

良い返事を期待している。


「——……」


手紙をにぎる璃々の手が震えた。

これは、故郷を出る時に瑯永が定めた暗号だ。伯母の危篤という手紙は、「間諜の役目は終了。後宮を出て帰郷せよ」の合図である。

（ついに始まるの？）

心臓がぎゅっと不安につかまれた。

いよいよ彼らは叛乱を起こすのだろうか。だからその前に璃々を避難させようとしているのか。

（見過ごせない）

瑯永にはこの三年間ずっと、獅苑が置かれている状況について書いて送った。悪政の責任を問うべきは皇太后であること。瑯永は獅苑を助け出すべきであることを、くり返し訴えた。しかし彼の返事はいつも「騙されるな。懐柔されるな」と諭すものだった。

四年かけて説得を続けた結果、少しずつ獅苑への見方を変えた感触はあるものの、それでも「帝位にある以上、皇太后の専横を止められず、十四年もの間、民を苦しめ続けた責任がある。何もしなかったことが罪だ」などとわからず屋なことを言う。

(しなかったんじゃない、できなかったのよ！)

手紙でそう説明したが、どうにも伝わらなかったようだ。

(わたしが何とかしなきゃ――)

手紙をにぎりしめ、璃々は心を固めた。

故郷に帰ろう。そして瑯永に、獅苑には絶対に危害を加えないよう説得しなければ。言葉を尽くして、手紙では書ききれなかったことをすべて伝え、叛乱の矛先を皇太后に向けるよう働きかけるのだ。そして――

(そして……わたしはまた、ここに戻ってこられる……？)

その予想は甘いような気がした。一度叛乱が起きれば、今の日常が壊れるのはまちがいない。

叛乱が失敗に終わった場合、故郷の人々の犠牲が璃々の心を苛み続けるだろう。

叛乱が成功した場合、獅苑がどうなるのかわからないけれど、璃々の説得が功を奏して処刑を免れたとしても、今のように後宮で何不自由なく一緒に暮らす未来は決してないはずだ。

（終わりなの……？）

こうして事態が動き出した以上、今のままでいることはできない。その現実はとてもつらかった。

この四年間が幸せだっただけに、失いたくない気持ちが先に立つ。

（いいえ。感傷に浸っている場合じゃないわ）

せめて獅苑を失わずにすむよう力を尽くさなければ。

璃々はまず、里帰りについて彼に言い出すタイミングをうかがった。

夕食の時。その後、一緒に古い詩を書にしたためる時。ずっと言おう言おうと考えていた。

『伯母が危篤と連絡が来ました。故郷へ帰らせてください』

返事はわかりきっている。穏やかな声が今にも聞こえてきそうだ。

『出て行きたければ、いつそうしてもいいと言っただろう？　後のことは気にしないで。私の分まで存分に自由を楽しんでおいで』

だが、ここを出たらきっと長い別れになる。次にいつ会えるかわからない。――獅苑の傍を離れたくない。

その気持ちが強すぎて、言葉は喉の奥に詰まったまま、なかなか出てこなかった。

そうこうしているうち、ついに就寝の時間になってしまう。結局今日は言い出せなかった……。そんな思いで居間から自室に退《さ》がろうとした璃々を、獅苑が自室の前で呼び止めた。

「少しいいかな」

「はい？」

「就寝前のお茶につき合ってくれる？」

「はぁ……」

獅苑は寝る前によく茉莉花のお茶をいれてくつろいでいる。知ってはいたものの、今までその場に誘われたことはなかった。よく考えれば、四年前にここに来た日以来だ。

璃々は懐かしい気持ちでその時のことを思い出した。皇帝は女好きで冷酷な太った人間だと思い込み、現れた獅苑に素性を訊ねた。帰れないと訴える璃々を、彼はここに泊めてくれた。

（懐かしい……）

小さく微笑む璃々の前に茶を置き、獅苑がおもむろに切り出してくる。

「どうしたの？」

「え？」

「今夜はずっと、心ここにあらずって感じだった。かと思えば、物言いたげにじっと私を見ていたり……。何か相談があるんだろう？　話してごらん」

「――……」

優しく促され、ここまでかと考えた。獅苑の傍を離れたくない。だがそうしなければならない。彼を守るために。

「実は……」

意を決して手紙の内容について話すと、獅苑は息を呑んだ。

「伯母上が――」

「はい。ですから故郷に帰るため、しばしお暇をいただきたいのです」

「――……」

璃々の説明に、彼はしばし考えこみ、少しためらった末に口を開く。

「それは本当なの？　何かの符合なのではなくて？」

「え……っ!?」

はっきりと言い当てられ、心臓がぎくりとこわばった。

彼は何を言っているのだろう？

（まさか……まさか、まさか――）

声を失って見つめ返す璃々に、彼は苦笑をにじませる。

「驚かせてしまったならすまない。ただ……ここに来てから長い手紙をたびたび書いているね？　あれ、時々賽が中身を確認していたんだ。あぁ、怒らないでやって。皇帝の身辺を警戒するのは彼の仕事だから」

「――……」

「手紙は、私のことを誰かに報告する内容だった。知られて困ることは書かれていなかったから、放置するよう言ったけれど……、ふと思い出したんだ。最初の頃におまえが聴かせてくれた祭囃子があったろう？　あれ、藍州出身の宮女は聴いたことがないと言っていた。そして……蘭賢妃《らんけんひ》の宮女の中に桀州刺史《しし》の娘がいるんだけど、その娘が懐かしいと言っていたと後で聞いて、もしかして本当の出身はあのへんなんじゃないかと考えてね」

「……それは……」

「出身や素性を偽ってやってきて、内情を外に伝える人間というと、正体は……まぁ限られてくる」

青ざめる璃々を見て、彼は困ったような微笑みを浮かべた。

「そんな顔しないで。おまえを責めるつもりはない。責めを受けるべきは、まだ子供だったおまえに危険な任を負わせ、こんな場所に送り込んできた人間のほうだ」

「いえ！」

璃々は大きく首を振る。

「強制されたわけではありません。どうかと訊かれて、自分からやると言ったんです！」

「それは誘導だ！」

思いがけない獅苑の怒声に、璃々は息をのんだ。彼のこんな声を聞くのは、四年前に賽をどなっているのを目撃した時以来である。その時と同じくらい怖い顔で、彼は言った。

「子供を言葉巧みにその気にさせただけ。私が評判通りの悪帝だったらおまえはひどい目に遭っていたかもしれない！」

「獅苑様……？」

熱のこもった反論にとまどい、ぽつりとつぶやくと、彼はハッとしたように力を抜いた。

「いや……」

我に返った後、彼自身も困惑したように璃々を見つめてくる。ややあって、彼は何かに耐えるように顔を背けた。

「いや、反対しているわけではないんだ。もちろん、故郷へ戻るといい……」

声だけはいつも通り、穏やかに言う。

「久しぶりに羽をのばしておいで。賽に言って、同じ場所に向かう商隊に混ざれるよう手配させよう。ひとり旅は危ないから」

「ありがとうございます」

何もかもわかっていて、今まで目をつぶってくれていた。璃々が二度と帰ってこないことも、おそらく察している。それでも気づかないふりで送り出してくれる。

（どこまでも優しくて立派な人……）

このことも卿永に伝えようと考えながら、璃々は静かに席を立った。

とはいえ——少しも引き留めてもらえないことにしくしくと痛む恋心を宥めながら、こちらを見ない獅苑へ深く頭を下げる。

「今までお世話になりました……」

離れがたい気持ちで長いこと礼を取り、ゆっくりと頭を上げる。なかなか動こうとしない足を意志の力で無理やり動かして、踵を返した璃々は、獅苑の部屋の出口に向かった。

その時。

「……行かないで」

「え？」

衝立を越える前、ふいに後ろから手をつかまれる。振り向くよりも早く、思いきり引き寄せられた。宙をさまよった璃々の手が衝立に当たる。

大きな音を立てて衝立が倒れる中、気づけば璃々は彼に抱きしめられていた。

「行かないでくれ――」

胸を通して声が直接響いてくる。

「璃々、どこにも行かないで。ここにいてほしい。私の傍に」

そう言いながら、強い力でかき抱いてくる。璃々も恐る恐るその背に腕をまわす。

「どうしてですか？」

「失いたくない。最後まで一緒にいたい」

「どうしてですか？」

「璃々を手放せない」

「どうして……？」

衣に焚き染められた蘭麝の香りに酔う。どきどきと鳴る自らの心臓を感じる。うるさいくらいに高鳴る鼓動の中、黙って見上げるも、震える獅苑のくちびるからはなかなか答えが出てこなかった。しかしやがて、長い長い沈黙の末、白旗を揚げるような、苦渋に満ちたささやきが漏れる。

「愛している。……本当は、ずっと愛していた……」

「獅苑様……っ」

その瞬間、璃々の目から涙があふれた。感動の涙だ。こみ上げる気持ちと共に湧き出し、ぼろぼろと頬を伝う。

「わたしも獅苑様のことが大好きです！　愛しています。ご存じでしょうけど……っ」

璃々は全力で抱きついた。まさか――まさか獅苑からこのような告白を受ける日が来ようとは！

（夢？　これは夢ではないの？）

とても現実とは思えない。だが獅苑は痛いほどの力で璃々を抱きしめてくる。そして悲痛なおももちで見下ろしてきた。

「すまない……」

「どうして？」

「逃がしてやれなくてすまない……！　でも行かないでほしい。帝位について以来、何も望んだことのない私が、初めて持った願いだ。どうか聞いておくれ」

「――」

（帰らなければ……）

理性はそう叫んでいた。故郷に帰って、瑯永に会って、獅苑を攻撃しないようきちんと説明しなければ。

　しかしそう言い出せない璃々のくちびるに、獅苑がくちびるを重ねてくる。しっとりと優しく。それでいて、どこにも行かせないという気持ちの伝わってくるキス。これまで一度も感じたことのない彼の強引さに胸が震えた。

　圧倒的な歓喜が、理性と危機感を押し流してしまう。こみ上げる感動に溺れてしまいそうだ。璃々が逃げないでいると、口づけはより激しいものになっていった。堰を切ったように彼の情熱が注ぎ込まれてくる。

　吐息が混ざり合い、くちびるを押しつけるだけでは足りなくなる。もどかしい璃々の気持ちを捉えたかのように、獅苑の舌先が璃々のくちびるをなぞった。押し開こうとする動きに、無意識のうちに応えてしまう。するとなまめかしい舌が璃々の中に傲然と押し入ってきた。

「ん……っ」

　思わず震えた肩を、長い腕が抱きしめてくる。未知の感触に困惑してこわばる璃々の舌に、獅苑は自分のものをゆったりと絡め合わせ、緊張を解きほぐしにかかる。温かな舌に口の中を隅々まで舐めまわされ、あまりに淫蕩な感触に璃々はおののいた。

（獅苑様とこんなことをしているなんて信じられない……）

身体が熱い。芯から溶けてしまいそうだ。腰奥が甘く疼き、獅苑の袍をつかむ璃々の両手に力がこもる。わけがわからずにいる璃々のすべてを奪うように、深い口づけはいっそう情熱的になる。

刺激の強すぎる酩酊感に、気づけば璃々はひとりで立っていられなくなっていた。へなへなとくずれ落ちる身体が、ふわりと宙に浮く。

「ぁ……」

獅苑によって抱き上げられたのだ。そう気づいた時、彼が間近からのぞき込んでくる。

「寝室へ行くよ。いいね？」

「…………っ」

璃々はいまさら羞恥で顔が真っ赤になるのを感じた。彼の首にしがみつき、顔を見せないようにしてうなずく。

「……はい」

そのまま寝室に向かうと、彼は璃々を寝台に横たえて覆いかぶさってきた。すでに就寝の準備が整っているそこは、寝台近くの灯籠に明かりが入っているのみ。控えめな明かりは、ふたりの間の淫靡な空気をより色めいたものにする。

薄闇の中で自分を見下ろす獅苑の真剣なおももちに鼓動が高まった。

「……こわい？」

「いいえ。ただ……緊張して……」

するとすると彼はふと笑う。

「私もだよ」

「そうなんですか？」

「女性とするのは初めてだからね」

「本当？」

「……いや。女性というか、愛する人とするのが初めてだから緊張しているのかもしれない……」

「獅苑様……」

「ほら……」

言葉と共に、大きな手が璃々の頬を大切そうに包み込んでくる。その手は確かにわずかに震えていた。

「この歳になって……、こんなに緊張することがあるとは思っていなかった……」

自嘲する彼の目元も赤く染まっている。本気さが伝わってくるようで、璃々の中で嬉しい気持ちが夏雲のようにふくらんだ。その感動のまま、獅苑の手を取って口づけると、彼の端整な顔がほころび、再びくちびるが甘く塞がれる。

入り込んだ舌が、璃々の口腔内をねっとりと這いまわれば、淫らな感触に身体の芯からぐずぐずに溶けていく。うまく息継ぎができない。窒息しそうだ。

ようやくくちびるが解放された時、璃々はハァハァと大きく喘いだ。それに合わせて上下する胸が、ひんやりとした夜気に包まれる。気づけば璃々は襦衣の前を開かれていた。

獅苑の眼差しが、裸の自分の胸に注がれているのを感じ、羞恥に目を伏せる。

「他の人よりも小さくて……」

四妃や他の宮女たちは、胸が大きくて腰は細い、大人っぽい体型である。襦衣の胸元からのぞく谷間も立派なもの。しかし璃々はといえば、身長はそれなりにのびたものの、胸のふくらみはまだ成長途上といったところだ。

そんな璃々の心配を獅苑は一笑に付した。

「ちょうどいい大きさだよ。ほら、私の手のひらにぴったり収まる」

そう言って、少し冷たい手の感触がそっと胸にふれてくる。

「ここがあまりに可愛くて、感動していたんだ」

桃色の部分を指先でくすぐられ、璃々は息を詰めた。

「ん……っ」

つまんでそっと転がされれば、淡い愉悦が湧き出して背筋を這う。少しずつ芯を持って硬くなっていくそこを不思議がるように指先で捏ねまわしながら、彼はふくらみ全体を手のひらで押しまわした。

「あまり知ったふうなことは言えないけど……女性の胸は、こうして男がふれているうちに大きくなることもあるそうだよ」

「本当？」

優しい手つきに陶然としながら、璃々は官能にうるんだ目で懇願する。

「それならもっとさわってください……」

その言葉に応じるように、長い指がふんわりと柔肉に埋まる。璃々の様子をうかがいながら、揉みしだく動きは少しずつ放埓《ほうらつ》になっていった。彼にそんな場所をいじられていると思えば、興奮は留まるところを知らず、胸の先がさらなる刺激を求めるかのようにピンと硬く尖る。

するとある瞬間、彼は指先でいじるだけでは飽き足らないとばかりに、舌をのばしてそこに吸いついてきた。

「あぁっ……」

ぬるついた柔らかい感触に包まれ、口の中でとろとろと突起を転がされ、腰の奥が熱くなっていく。あまりにいやらしくて気持ちのよい感触に甘くさえずってしまう。

「ぁン……、んっ……あぁ……っ」

背筋をしならせて感じ入っていると、獅苑も自信を得たようだ。

じんじんと疼く突起をいっそう熱心に舐めまわしてくる。右が終わると左、左が終わると右、とくり返ししゃぶっては、璃々が身悶えるのを見て愉しんでいる。

喘ぐ声まで淫らにふやけてしまい、璃々はいやいやをした。

「獅苑、さま……っ」

止めようと両手をさまよわせれば、彼の手に阻まれてしまう。指先を絡めるようにして、彼は璃々の両手を敷布に押さえつけてしまった。そのままなおも熱くねとねとと繊細な部分を舐られ続け、遂に音を上げてしまう。

「お腹の奥がじんじんして……苦しいの……っ」

大きく身をよじって逃げたところ、彼はようやくそこを解放して身を起こしながら、うれしそうに言った。

「それはたぶん、いい兆候だ」

「いい兆候？」

「璃々の身体が私を欲してくれているんだと思う」

獅苑はもどかしげな手つきで璃々の裙を脱がしていき、内衣《したぎ》まで取り除いてしまう。のみならず、生まれたままの姿を晒すことにどきどきする璃々の膝に手をかけてくる。

「見せて」

璃々はあわてて言った。

「待ってください、何か、変……っ」

何やら脚の付け根がぬるぬるする。もしかしたら粗相をしたかもしれない。もじもじと両脚をこすり合わせていると、彼は緊張する璃々をなだめるように腰の輪郭をなで下ろした。

「大丈夫だから。私にまかせて」

臍の窪みに口づけ、大腿をなでまわし――璃々の気持ちが落ち着いた頃を見計らい、ゆっくりと膝を開かせてくる。その間に入り込み、閉じられないようにしてしまうと、彼は秘めやかな場所にそっとふれてきた。

「あっ……」

指先で割れ目をなぞられ、ビクッと腰が跳ねる。自分ですらきちんと見たことのない場所を晒している状況に抵抗を感じ、思わず涙目で懇願する。

「お願いです……そんなとこ、見ないでください……っ」

「わかったよ」

獅苑は少し身を乗り出し、璃々の顔をじっと見つめてきた。そうしながら手探りで敏感な場所をまさぐってくる。すべり込んだ指先に蜜を湛えた溝を割り開かれ、上下に優しくなぞられて、敏感になった全身が震えてしまう。

「あっ……ぁ、ぁっ……」

感じている顔を近くで見られているかと思うと、それはそれで恥ずかしい。璃々は思わず両手の甲で隠してしまった。と、彼は柔らかく促してくる。

「手をどけて。お願いだ。ちゃんと顔を見せて」

訴える双眸はぞくりとするほど蠱惑的な色を宿していた。見つめられれば虜になり、どのような命令でさえ聞いてしまいそうな熱い眼差しである。璃々は妖術にかかったような心地で手を下ろす。

とたん、花びらを指先でくちゅくちゅとくすぐられて目を瞠った。

「んっ、あぁ……っ」

そこはぬれていて、彼の指はそのぬるぬるしたものの助けを借りて、あまりにも繊細な動きで花びらの構造を探っているようだ。蜜口がひくひくして、中から恍惚があふれ出す。

お腹の奥が疼いてたまらない。

「はぁっ、あっ、ぁっ……」

「気持ちいい？」

じっと見下ろされながらの問いに、璃々は涙を湛えた目で何度もうなずいた。

「はい……っ、あっ、ぁ……っ」

実際、甘美な刺激にびくびくと腰が浮いてしまう。指先が紡ぐ甘ったるい愉悦に酔いしれていた璃々は、指先が割れ目の中にあった何かを捉えたとたん、悲鳴を上げた。

「ひぁっ……」

「ん？　これは……」

突起のようなものがあるようだ。それを彼の指がゆるゆると、ぬるぬると円を描くように転がすと、ひときわ強烈な快感が全身を駆け抜ける。上体をひくつかせて感じ入る反応を受け、指先はますます丹念にそれを可愛がってくる。

「これがいいんだね？」

「あぁ！　やぁっ、あっ、……それっ、……はぁっ、ぁぅ……っ」

一瞬であれば気持ちいいものも、長く続くと下腹の奥が甘くよじれてつらくなる。強い快楽の中から何かがせり上がってきて、強い酒に酔ったように頭がぼぅっとしてしまう。

「しえんさま、しえんさま……っ」

子供のように舌たらずな呼びかけに、獅苑はごくりとつばを飲み込んだ。仰け反ったことで突き出された胸の先端に物も言わずにしゃぶりついてくる。硬く尖った敏感な粒を、音を立ててちゅうちゅうと吸われる。

「は、ぁ、ぁン……！」

無垢な身体にはあまりに強すぎる快楽に、璃々の意識は高く飛んでしまった。宙に放り出される感覚に、はしたない声を張り上げる。全身を痙攣させて深い陶酔に浸る。

「璃々……っ」

劣情に掠れた声で呼ばれたと思った矢先、蜜のぬめりを借りた指がぬぶりと中に入ってくる。

「あぁ……っ」

璃々は目を瞠った。自分の中に、獅苑の指がある。深々と挿し込まれた指が、ぐぶっと蜜口をかきまわす。律儀に決して下肢を見ないまま、彼が訊ねてきた。

「痛む？」

「……いえ……」

痛むどころか、そんな場所で彼の指の長さや太さを感じる状況に、ひたすらドキドキしてしまう。

「私も気持ちいいよ。指が溶けてしまいそうだ……」

ふふ、と微笑む彼の頬が色っぽく上気している。彼も興奮しているのが伝わってきた。恥ずかしくてたまらないのに、指の腹でぐちゅぐちゅと中を探られれば、いやらしい声が出てしまう。

やがて指が増やされ、蜜路をさらに押し開き、じっくりとほぐしてくる。媚肉の天井部分をぬるぬると擦っていた指先が臍裏の一点を押し上げたとたん、湧き出した快感に璃々は「ひぁんっ」と大きな声を上げた。またしても官能の大波にさらわれそうになったのだ。

「ここも好き？」

獅苑はぺろりとくちびるを舐め、蜂蜜をかき混ぜるような音を立てて、そこをゆるゆると捏ねまわす。すると訳がわからないほど熱い快感があふれ出し、蜜路が指をきゅうきゅうと締めつけた。璃々は腰を突き上げるようにして煩悶する。

「あっ……！　あ……ぁ、あふっ、はぁ、ぁン……！」

おそらく盛大にこぼれた蜜が手のひらまで汚しているのだろう。ぐちゅぐちゅと聞くに堪えない水音が静かな寝室に響く。蕩けた嬌声に至っては部屋の外まで聞こえているだろう。それでも璃々は声を殺すことができなかった。

何しろ快感は後から後から襲いかかってくるのだ。感じすぎてしまう場所を執拗に愛撫され、髪を振り乱して啼きよがる。どうにかなってしまいそうなのに指は止まってくれない。それどころかさらに追い詰めてくる。

そんな璃々を見下ろして獅苑が言う。

「いけるなら、もう一度いくといいよ」

いく、というのが何を意味するのかもわからないまま、璃々はまたしても快楽の頂へ高々と昇り詰めた。

「あ、ぁぁ……！」

全身をひくつかせて深い陶酔に飲まれる。頭が真っ白になり、しばし意識を朦朧とさせていた璃々は、衣擦れの音に我に返った。

見れば、獅苑が自分の衣服を脱ぎ捨てている。

「――……っ」

燭台の光に浮かび上がる裸身に、璃々の目は釘付けになった。

「なに？」

「いえ、その……」

いつも着替えは賽が世話をしているため、璃々が獅苑の裸を見るのは初めてである。そもそも彼は常に立襟の長袖を身に着けているため、顔や手以外の肌を見ることすら珍しい。

素直にそう言うと、彼は微笑みを浮かべた。

「言われてみればそうかもしれない。……さわってみる？」

「え？」

「どうぞ。ほら……」

璃々の手を取って、彼は自分の肌にふれさせる。璃々はそっと彼の上体に手を這わせた。食に執着がないせいか、食事量の多くない彼の身体には余分な肉がない。日に当たる機会もないため、肌も女のように白くなめらかである。しかし脚の狭間にあって、璃々への欲望を主張するものは立派に滾っていた。

見てはいけないと思いつつ、つい気になってちらちら目をやると、彼がくすりと笑う。

「気になる？」

「え……？」

とまどう璃々の手をふたたび取り、獅苑は自身の欲望へと誘った。

（熱い……）

硬くてつるつるとした感触が手のひらに伝わってくる。そして指などよりもずっと大きくて、びくびくと脈打っている。手のひらでそっとなで上げると、彼は秀麗な眉を寄せて色っぽくうめいた。

眉根を寄せて息を乱す様子に胸がきゅんとする。

目元を赤く染め、彼はぬれた眼差しで懇願するように見つめてきた。

「受け入れてくれるね？」

「……はい」

獅苑は璃々をゆっくり押し倒すと、両の膝を大きく押し開いてくる。そのまま蜜口に二、三度昂りの全体を擦り合わせた後、硬い先端がぬぶりと蜜口に埋め込まれてきた。

続いておののくほど大きい灼熱の塊が、まだ硬い未開の隘路を限界まで拡げ、めりめりと少しずつ押し入ってくる。

「あ、……ぅ……っ」

「つらかったら、私につかまって……」

細く息を吐きながら、獅苑が言う。彼もきついようだ。眉根に堪えるような皺が寄っている。精いっぱいの気遣いを感じて胸が震える。

（獅苑様……っ）

彼のすべてがほしいと心から思う。璃々も息を吐き、できる限り力を抜いてそれに応えた。

途中、思わず彼の身体にしがみついて耐えた時、しっとりとした肌の感触の心地よさに気づいた璃々は、そのまま全力でぴったりとくっつく。

「はぁ……」

双方にとって苦しい時間は、やがて終わりを迎えた。璃々は、気づけば大きな身体に包み込まれていた。獅苑にしがみついたまま、彼の肩口に顔をうずめて熱い息をつく。

「……獅苑様……」

名前を呼ばれた彼は、こちらのこめかみや耳に小さくキスをし、耳朶にくちびるをつけてささやいてくる。

「きつい？」

「少し。でも……とても優しくしてくださったので、わりと平気です……」

「それはよかった」

痛みはあるものの、彼がじっとしていてくれるので我慢できないほどではない。しばらくそのまま抱きしめ合い、互いに甘えるように頬ずりをする。そうして生まれたままの姿でひとつになっている実感に浸る。

幸せな気持ちでいっぱいになった璃々は、振り仰いで彼にくちびるを重ねた。

「大好きです、獅苑様……」

こみ上げる気持ちを少しでも伝えようとキスをすれば、それは何倍もの情熱をもって返される。

「愛している、璃々。璃々……」

優しく舌を絡め取られ、深く相手を求め合う濃厚なキスに耽溺する。身体の奥深くから官能を引き出すように吸い上げられ、背筋が甘く痺れる。

「んぅ……っ」

陶酔に喘いだ瞬間、蜜襞が彼のものをぎゅぅっと締めつけるのを感じた。獅苑が喉の奥で「ん……っ」とうめく。くちびるを離して見れば、彼は汗を浮かべ、何かを堪えるような壮絶に色めいた顔をしていた。彼にひどく我慢をさせていることに気づき、璃々は思わず口走る。

「あの……っ、どうぞ、好きにしてください」

「――……」

獅苑は一瞬きょとんとしてから、くつくつと笑った。

「すごい殺し文句だな」

そう言いながら、彼は少し腰を揺らす。ずんっと奥に甘い衝撃が走り、痛み混じりの官能が璃々の背筋を這い上がる。

「ぁふっ……！」

しばらくは試すようにゆったりしていた腰の動きは、少しずつ大胆になっていった。たっぷりの蜜をまとった大きな楔に、ずぶずぶと蜜襞をかきまわされる。彼が腰を引けば媚肉を引きずり出されるような心地に喘ぎ、押し込まれれば、内臓まで押し上げるような野太い圧迫感に奥を抉られて啼く。深く、浅く、時に腰をひねって。微妙に突き込む角度を変えられれば、また新たな刺激に見舞われておののく。

ずんっずんっとくり返し楔を打ち込まれるうち、やがて腰奥からうねるような快楽が湧き出してにじみ、喘ぐ声が次第に甘く蕩けてきた。

「あぁ……、はぁっ……ぁぁっ……ぁあン……！」

嬌声のみならず、彼の大きさになじんだ蜜路も熱く蕩けてくる。淫らにうねり、熱杭に絡みついては搾り上げる。彼がほしいと、卑猥な動きで奥へ引き込もうとする。

煽られた獅苑の腰の動きから少しずつ気遣いが消えていった。深く激しく突き上げ、狙いすましたように執拗に性感を打ち、璃々を懊悩させる。

「やぁっ、あぁっ、……ふかい、……あっ、おくまで……あぁっ、ふかい……！」

璃々は彼にしがみつき、下腹の奥で弾ける重い快感に耽溺した。はしたなく脚を開いたまま、結合部で上がるいやらしい音にまで煽られる。

「しえん、さまぁっ……あぁっ……あぁっ……！」

汗にぬれた肢体をよじって煩悶する璃々を責め立てながら、獅苑もまた汗をしたたらせていた。深く突き上げ、身体ごと大きく上下に揺さぶってくる。互いに熱く、荒々しく息を乱して官能を貪り合う。

（獅苑様……、激しい……っ）

穏やかな彼にこんな一面があったことにも驚き、感動してしまう。赤裸々な欲求をぶつけられれば、何もかも彼に捧げたいという気になってくる。そう、彼のためなら何でも投げ出せる。ずっと愛してきた人に愛され、求められている実感が途方もない多幸感となって璃々を惑乱する。

やがて小刻みにくり返されるようになった突き上げの勢いに、璃々は彼にしがみついたまま、頤を上げて歓喜に啼いた。

「あっあっあっあっ……！」

鋭く揺さぶられ、こつこつと内奥を先端でくり返し抉られ、目もくらむような快感が立て続けに全身を貫いてくる。快楽の水位が上昇し、たちまち高みへと押し上げられていく。

高く高く昇りつめ、うねる媚肉で彼の欲望を思いきり搾り上げる。

「――……!!」

ふたりで同時に快楽の果てへ到達し、うめいた獅苑が欲望を思うさま弾けさせた。熱い迸りを内奥で受け止め、璃々は彼にしがみつく腕に力を込める。

初めて意識が混濁するほどの激しい絶頂を経験し、はぁはぁと大きく喘いだ。彼もまたひどく息を乱している。ふたりでぐったりと弛緩しつつ、汗にまみれた身体で抱きしめ合う。

しばらく陶然と余韻に浸っていた中、ややあって獅苑が璃々の額に口づけてきた。軽くちゅっ、ちゅっとくちびるを押し当て、そっと訊ねてくる。

「身体は大丈夫？」

「はい……」

璃々は官能の涙にぬれた瞳で、じっと彼を見上げた。

「初めての人が獅苑様でよかったです……」

壊れ物にふれるような優しくて大きな手。くり返し名前を呼ぶ切なげな声。余裕のなさそうな、せっぱ詰まった表情。何もかもがうれしかった。彼に大切にされていると感じることができた。

「このまま永遠にこうしていたい……」

「私も璃々を傍に置いて、この手で幸せにしたい。誰にも譲りたくない」

聞き流せないつぶやきに、璃々は思わず顔を上げた。

「獅苑様の行くところについていきます。誰かに譲るなんて言わないでください」

彼が死ぬなら殉じてもかまわない。若い情熱の一途さでそう訴えると、彼は璃々の頬にキスをしてくる。そして力強くささやいてきた。

「二度と言わないよ」

「え？」

「ずっと……この国の膿を道連れに滅びようと思っていた。でも今、璃々と共にもっと生きたいと感じる。――生きられるよう力を尽くそう」

「どうするんですか？」

「皇太后を倒して、今度こそ政治の実権を取り戻す」

はっきりとした言葉は、自分で自分の幸せをつかむという決意の表明だった。

璃々はどきどきする。これまで獅苑はいつでも、どこかすべてをあきらめている様子だった。だが今はちがう。強く一歩を踏み出そうとしている。

もしそうさせた理由が今夜の出来事であるというのなら、こんなにうれしいことはない。

「……できますか？」

「大失敗から十二年。いつかあの女を道連れに滅びようと様々な手を打ってきた。それを別の形で使ってみよう」

虚空を見つめ、彼は静かにつぶやく。璃々の胸も期待にふくらんだ。

彼は失敗から学び、より慎重に、狡猾になっている。考え込む様子からは、負けるなど微塵も想像していないことが伝わってきた。しかし——それでも瞳の中にはどこか昏い影がある。何か、ひどく思い詰めるかのような。

(前向きな決意であるはずなのに……)

彼の美しい眼差しを曇らせる影を少しでも晴らしたい。そんな思いで璃々は顔を上げる。

「何かわたしにできることはありますか？」

「あるよ」

獅苑は璃々をじっと見つめ、こちらまで胸が締めつけられるほど悲しげな微笑みを浮かべる。

「明日、早速梅花殿に行ってくれ」

それで悩みが晴れるのだろうか？　生まれた問いは、口にする前に甘いキスに封じられた。

◇◇◇

李辰安を味方につけて以来、丹徳妃の宮殿である梅花殿に行くというのは獅苑と璃々の間で特別な符丁だった。

翌日、璃々が適当な口実で訪ねて言伝を伝えたところ、丹徳妃はすぐさま動いてくれたようだ。

深夜ひとりで待つ獅苑の部屋を、夜陰に紛れて客が訪ねてきた。

見上げるほどに大柄な男は李辰安。まだ三十前後の禁軍の将である。若いながら特別に重用されているのは、親戚である中書令の意向に従い、忠実な臣下として皇太后に仕えているため。

しかし――

部屋を訪ねてきた辰安は、獅苑の前に膝をつき、恭しく拱手した。

「お召しに従い参りました。陛下」

「皇太后へ反撃に出る」

「は……？」

藪から棒な宣言に驚く彼に、獅苑は続けた。

「皇太后の怒りを買い、冷遇されている官吏の勢力を買収してある。力はないが頭数は多い。その者らを使って、まずは御璽を皇太后から奪い返す。その後、私が後宮から出て朝議に乗り込んでいき、親政を宣言する。他の官吏らは混乱するだろうが、私と懇意の商家らが、皇帝につくのが得と官吏らに強く勧める。おまえは頃合いを見計らって禁軍は皇帝を支持すると宣言してほしい。それで流れが変わるだろう」

辰安は目を瞠った。

「そんなことが……」

「可能だ。おまえの協力さえあれば」

十か月前、彼が丹徳妃に送った恋文を璃々が発見し、獅苑はふたりが恋仲にあることを知った。

辰安のことは以前から知っていた。謹厳実直、配下をよく気遣い、弱きを助け強きをくじく——兵士の間でも人望が厚い将として名を馳せていたためだ。

獅苑は丹徳妃に、彼を味方に引き入れるよう頼み、それがかなった暁には後宮でふたりが会えるよう協力すると申し出た。

とはいえ相手は忠義に厚い根っからの武人。たとえ皇帝といえど、会ったばかりの人間から頭ごなしに皇太后を見限れと言われても従うまい。

そう考え、人助けというからめ手に訴えた。皇帝として国の窮状を憂えている。困窮する民に少しでも手を差しのべたい——そう言った獅苑に、案の定辰安はその場に膝をついた。

以来、彼は丹徳妃と逢瀬を重ねつつ、獅苑の秘密の手足として動いてくれている。

元々辰安は皇太后の放埒な政治姿勢に批判的で、道を正したいと考えていたようだ。

（そうはいっても打倒皇太后をぶち上げて、ついてきてくれるかどうか——）

獅苑は自らの喉元に刃を突きつける心地で言った。

「私を選んでくれるか？」

神妙な顔で立つ皇帝を、辰安は厳しく見据えてくる。

「いったいどういう心境の変化です？」

もし叛乱が起きたなら、滅びる運命に抗わず、この首を新たな時代に捧げる覚悟。以前、獅苑は辰安にそう言った。しかし今になって前言を翻している。

真意を測ろうとする相手の硬質な眼差しを、獅苑は見つめた。

璃々に隙を衝かれ初めてキスをされた時、ふいに死にたくないと感じてしまった。その
ことに自分でひどく動揺した。

自分は遠からず滅びる。今はそれまでの短い余生と心を決めていたはずだった。にもか
かわらず彼女のキスは、わずかとはいえその決意を揺るがしたのだ。よって最初は強く拒

んでしまった。迷いたくない。悩みたくない。予定通り死に向かって生きたい。そう考えて。

だが自分の本心を裏切ることができず、璃々をこの手に抱いてしまってから、はっきりと生きたいという願いが生まれた。そしてこの十五年間、自分が怒りと憎しみに囚われ続けてきたことに気づいた。

母の命を目の前で奪われ、後宮に閉じ込められ、種馬の役目を強いられ、獅苑は我知らず激しい怒りを覚えていた。何もかもが許せず、優しい人たちをすら拒んで頑なに孤独であろうとした。自分の命を惜しげもなく投げ出すことで、あまりにも理不尽な運命に復讐しようとしていたのだ。無慈悲な世界に懐柔などされてなるものかと、幸せに背を向けて。

昨夜、復讐よりも大切なものを手に入れて、ようやくそのことに気づいた。

「愛を得た」

獅苑は正直に打ち明けた。

「今は彼女のために生きたい。彼女をこの手で幸せにしたい。そのために無情な運命に抗いたくなった」

「と申されますと？」

「これまでは、荒れ果てた国を、諸悪の根源と噂されてきた私が建て直すのは至難の業だと考えていた。混乱の末に破綻させるくらいなら、最初から新たな支配者に譲ってしまうほうが被害が少なくてすむ、と。だが……」

獅苑は自分の手のひらを見下ろす。昨夜、ついに璃々を抱いた手を。

「だが仮にも皇帝と呼ばれる地位にあり、十年以上、各地の情報をつぶさに集めたのだ。片手間で政を行う朝廷の官吏よりも私のほうが実情に通じている。打つべき手も見えている。ならば座して叛乱が起きるのを待つより、今すぐ現状を変える努力をすべきではないかと思えてきた」

「陛下……」

「私自身の手で悪政を廃し、良い国を造りたい。下々の者にまで富がいきわたる治世を行い、私と共にある者を幸せにし、良い皇帝として後世に名を残したい。……今はそう思える」

「皇太后様を廃するなど、そう簡単にはまいりませんよ」

「おまえが味方についてくれれば勝てる」

十二年間、時間は腐るほどあった。大失敗の敗因を突き止め、次の対策を練るには充分だった。むろん今までは次があるとは思っていなかったが、無聊をなぐさめるための思索は無駄ではなかった。

確信を込めて言う獅苑を前にして、辰安は熟考した末に頭を下げる。

「……叛乱勢力の頭領が次の皇帝になったとて、それがこの国にとって良きことかどうかは予測がつきません。その点、獅苑様になら信じて託すことができます」

「手を貸してくれるか」

簡潔な問いに、彼は「は！」と力強い返事をよこした。

◇◇◇

辰安と共に慎重にして入念な準備を行った末、計画は実行に移された。

様々な障害を予想し、幾重にも対策を練って臨んだものの、蓋を開けてみれば、皇太后を権力の頂点から追い落とすのは拍子抜けするほど簡単だった。

獅苑を皇帝に即位させ、彼女が絶対的な権力を握ってより十五年。状況は過去とはずいぶん異なっていた。

まずほとんど敵のいない状態で長く過ごしていたため、警戒がだいぶ緩んでいた。また彼女は気まぐれや激昂によって臣下の命を奪うことも多く、特に機嫌を損ねると確実に罰を受けるため、今や誰も彼女に不都合な報告を上げなくなっていた。

よって皇太后が花見のため宮城を留守にしている間に、獅苑と通じた官吏らが御璽を盗んだ時も、報告が大幅に遅れた。そのため対応も遅れた。その間に禁軍の一部を味方につけた獅苑は、晴れて後宮を出て朝廷へ乗り込み、親政の開始を宣言した。

阻む者は誰もいなかった。

後れを取った皇太后は身の危険を感じたのか、そのますばやく皇都を脱して実家の所領へ逃げ込んだ。それをきっかけに官吏たちは皇太后を見限り、獅苑は完全に宮廷を掌握した。

（十二年前とは雲泥の差だ――）

獅苑に従った者たちが多く殺されたあの時、皇太后はもっと狡猾で、悪辣で、つけ入る隙がなかった。だが長い安寧の中で歳を取り、予想以上に衰えていた。

宮廷を掌握した獅苑は、皇帝にしか身に着けることを許されない黄袍をまとい、国政の中枢である皇城天極宮の朝堂において、床から数段高い壇上に据えられた黄金の龍座に腰を下ろした。

「陛下に拝謁致します」

厳かな丞相の声と共に、いっせいに頭を垂れる宮廷百官を見下ろしながらも高揚感はない。むしろ胃をつかまれるような緊張を感じるばかりだ。

（これでもう、後には戻れなくなった）

遠くない将来、国に殉じる運命と信じていた。この国を蝕むあらゆる害悪を道連れに消え、新しい支配者に健全な未来を託すのが己の使命だと考えていた。

だが――

四妃と共に後宮からやってきて、龍座の脇に控える璃々を見る。視線に気づいた彼女が、笑みを含んだ目線で見つめ返してくる。

（璃々を手に入れて私は変わった）

彼女の無心にして一途な想いが、高峰の永久凍土のようだった滅びへの覚悟を溶かしてしまった。

死にたくなくなった。彼女と共に生きたいという希求を得た。理性では抑えきれない激しい欲求が、自分を思いがけない行動へと駆り立てた。

（それほど強く何かを欲する心が、自分の中にまだあったとは思ってもみなかった――）

だが、政務の場である宮殿に赴いてすぐ、実権を取り戻した達成感は吹き飛んだ。

机の上には、手をつけられないまま放置された書簡が山積みになっている。内容はすべて解決困難な問題ばかり。目を通すまでもなく、宮城の外に絶望的なまでに疲弊した国が広がり、それがすべて獅苑の仕業と信じる民が、憎悪の目を向けてきているのを感じた。

これから歩む道は、これまでの道よりもはるかに険しい。

(それでも——国を立て直し、良い皇帝となり、璃々と共に幸せになってみせる)

今はただその目標に向けて邁進するのみ。

乱雑に積み上げられた書簡を前にして獅苑はこぶしを握りしめた。

(歩き出した以上、止まることはできない)

たとえそれが、かつて自分で野に放った希望の芽を踏みつぶす非道の道だとしても。

第五章

皇太后を追い出した後、丹徳妃は後宮を退がり、李辰安と結婚した。

その結果空位になった徳妃の座には、ひとまず璃々がつくことになった。

獅苑が本当の意味で皇帝となったことで、後宮はにわかに活気づき、これまで覆っていた諦念の空気は払しょくされた。あわよくば獅苑の寵を得ようと張り切る宮女も出てきたほどだ。

結果として宮女同士の揉め事も時折発生するようになった。仲裁するのは、芍貴妃をはじめとする三人の妃である。問題を起こした当事者たちを呼び出し、ぴしりとたしなめた後に、揉め事に対しておろおろ割って入るしかなかった璃々にも苦言を呈してくる。

「あなたがしっかりしなくてどうするのですか。今後は後宮を一手に取り仕切り、陛下のお気を煩わせることのないよう采配しなくてはなりませんよ」

「わたしにそんなの無理ですよ……！」

「何を言うの？　それでなくても陛下は宮廷でお心をすり減らされているというのに。後宮のことはあなたが責任を負い、陛下のご負担を軽くしなくては」

「はいぃ……」

「情けない返事をしない！　陛下がこんな荒業をやってのけたのは、ひとえにあなたのためなのよ？」

　三人の妃は、頼りない璃々を叱咤激励しつつ、ため息をついた。

「賽がいなくなって、新しい近侍はまだ不慣れだから、大変だとは思うけど……」

　そう。皇太后の失脚と共に、賽は姿を消した。獅苑に訊いてもくわしいことは教えてもらえないが、どうやら都を追われたようだ。

「本当に、皇太后様に反旗を翻したと聞いた時には耳を疑ったわ。陛下はどこまでも大人しい方だと思っていたのに……」

「実際、大人しくて何もかも最初からあきらめているような方でしたよ。璃々が来るまではね」

　璃々はあわてて首を振る。

「わっ、わたしは何も……！　この国の窮状を何とかしなければと、獅苑様ご自身が奮起されたんです」

ですよ」

「陛下をそう奮起させたのは、璃々と末永く一緒に暮らしたいというお気持ちだったはず

さらりと言われ、照れてしまう。

「そうだったらうれしいです……」

獅苑が皇帝としての実権を取り戻した。そして国を建て直そうという意欲に燃えている。今後、苦しむ民を取り巻く環境はきっと改善していくだろう。璃々と結ばれたことで、彼がそんなふうに心を変えたのだとすれば本当にうれしい。

(このまま良い方向へ進めばいいんだけど……)

不安もあった。瑯永からは「後宮を出ろ」という手紙が、今も再三届く。

璃々は皇太后との対決について経緯を書き送り、今後は獅苑が皇帝としてがんばるので見守ってほしいと説得した。民を虐げる統治者が消えた、この状況で叛乱など起こす必要はない。無駄な犠牲を出すだけだと。しかし瑯永は「胡獅苑は民衆の恨みと憎しみの的。今さらあれは嘘でこれから善政を敷くと言われたところで誰も信じないし、許さない」「彼が滅ぼされるべき悪政の象徴であることに変わりはない」と主張して譲らない。

話が平行線を辿るばかりとわかってから、璃々は返事をしなくなった。少し時間がたてば彼も気づくはずだ。もはや叛乱など起こす必要のない国になったのだということに。

牡淑妃がくすくすと笑う。

「陛下はすっかり梅花殿の住人になってしまわれたと、皆が話しているのを知ってる？」

「はい……」

忙しい獅苑は、このところ璃々の宮殿である梅花殿と外廷とを往復する日々だ。

御璽と朝政の実権を取り戻した彼は、その日から飢饉や疫病の対策を矢継ぎ早に打ち出した。あまりにも次々に勅令が発せられるため、三省六部の官吏たちは寝る暇もなく働きづめだという。

もちろん、最も精力的に働いているのは獅苑である。何しろ後宮に帰ってくることなく、外廷に泊まり込むこともざらなのだ。

「張り切って陽慶殿の宮女に名乗りを上げた者たちはがっかりしているそうよ」

「………………」

蘭賢妃の言葉に、着飾った艶やかな美女たちに囲まれる獅苑を想像してしまい、そうならなくてよかったとこっそり胸をなでおろす。

（とはいえ夜遅くに来て朝早くに出ていかれるし、梅花殿にいらっしゃる時間も短いんだけれど……）

その日も、獅苑は深夜になってからふらふらと梅花殿に姿を現した。

璃々は宮女たちに着替えを用意するよう頼み、まずは彼を湯殿へ案内する。獅苑は目をしょぼしょぼさせながらついてきた。

「これでも毎日通っているつもりなんだよ。何しろ私は璃々がいないと夜も日も明けないからね」

「……つまり二日いらっしゃらなかったのは、二日間夜も昼もなかった——寝てないという意味ですか？」

問い詰める口調に、彼はふと口元をほころばせる。

「そういうことになるね」

「なるね、じゃありません！」

たわけたことを言う獅苑の服を脱がせて湯船に入ってもらい、璃々も襦裙を脱いで内衣《したぎ》だけの姿になって入っていった。

石造りの広々とした湯殿は、中央に温泉がある。縁石を枕に湯に浸かっている獅苑に近づき、璃々は手にしていた桶に湯を汲んで彼の髪を洗い始める。

と、宮女が茉莉花のお茶を運んできた。

「陛下。何かお食事でも――」

「いや、お腹が空いてないからいいよ。それより早く璃々を食べたい」

湯の中からのばされてきた手を、璃々ははっしとにぎって押さえる。

「いけません！　すぐに粥を用意してもらいますから、それだけでもお腹に入れてください。忙しいからと食事を抜くのは身体に毒ですよ」

「……はい」

同意を得て、璃々は宮女に目配せをする。宮女は心得たように頭を下げて退出した。

「もう。帰ってくると事前に知らせてくだされば、わたしも食事をしないで待っていたのに……」

「ふふ」

「何を笑っているんです？」

「小言を言われるのって、いいものだなって」

「獅苑様がご自分を大事になさらないから、わたしが大事にするしかないんです」

そう言いながら、櫛で彼の長い髪をくり返し梳る。獅苑は心地よさそうに目を閉じた。

髪を洗い終わった頃、宮女が粥を運んでくる。鶏がらでだしを取り、生姜や貝柱、松の実を加えた薬膳粥である。平らな縁石に盆を置き、湯船につかったまま、彼はそれをゆっくりと口に運んだ。

「明日からまたしばらく泊まり込みになると思う」

「……そうですか」

しゅんとする璃々を振り仰ぎ、彼は柔和に微笑む。

「誰よりも懸命に働く姿を見せなければ、官吏たちがついてこない。それでなくても時間が足りなくて、てんやわんやなんだから」

「国を建て直そうと奔走する獅苑様を、志ある官吏たちは高く評価していると聞きました」

結婚して李夫人となった丹徳妃は、様々な情報を手土産に、しょっちゅう古巣に戻ってくる。その際に耳にしたのだ。

匙で粥をかき混ぜる獅苑の微笑に、ほろ苦さがにじむ。

「遅きに失したという意見も根強いようだけどね」

それでなくても途方もないほど広大な国土である。いくら獅苑があれこれ手を打とうと、すぐに結果が出るはずもなく、窮状を打開するには少なくとも五年以上かかると言われていた。

十五年間の悪政はそれだけ深い爪跡を残したのだ。

「実際、こんなに思い通りに事が運ぶなら、もっと前に立ち上がるべきだったと後悔している」

「成功したのは、李将軍の力によるところも大きかったのでしょう？」

「そうだね」

獅苑ひとりでは、商家や個々の文官・武官に働きかけることしかできなかった。辰安を通じて、禁軍をごっそり味方につけることができたからこその成功と、誰もが口をそろえている。

「彼の協力がなかったなら、たとえ皇太后の不意を衝いたとしても勝率は低かっただろう……」

「でしたらやはり、今立ち上がったのが正しかったのです。たとえ勝ったとしても、獅苑様が危ない目に遭ったり、お怪我をしては意味がありませんから」

「まったく、おまえは……」

獅苑は粥の匙を置き、手をのばして璃々の頭を引き寄せる。

優しい口づけは、ほのかに生姜の香りがした。

「璃々を幸せにするために、この国を必ず良い国にしてみせる」

真摯にして生真面目な口説き文句に、こみ上げるうれしさを押し殺してうなずく。

獅苑はそんな璃々の腕を引き、湯船に引っ張り込んだ。そして小さく悲鳴を上げて湯の中に落ちた璃々を後ろから抱え、ぬれた内衣《したぎ》を脱がしにかかってくる。あれよあれよという間に前を開いてしまうと、大きな手が璃々の胸を包み、形が変わるほどにつかんで揉み始めた。

性急な手つきに、璃々もすぐに息が上がってしまう。指先でくりくりと先端をいじられれば、敏感なそこはたちまち硬くなり、更なる刺激を求めて尖っていった。

「し、獅苑様……っ、疲れて……いらっしゃるんじゃ……？」

「前向きな疲労だよ。今まさに状況を改善させていると考えれば、気分は高揚したまま。そして疲れた身体も、璃々を見れば不思議と元気を取り戻す」

「……あっ、……ぁっ、……ぁン……っ」

じんじん疼く突起をつままれながら、全体の感触を味わうように押しまわされ、思わず声がもれる。ひくつく璃々の反応を愉しむように喉の奥で笑い、彼は色気の滴るような声でささやいてきた。

「……いい？」

耳朶に吐息がふれ、首筋が粟立つ。

「終わったら……ちゃんと休んでくださいね……？」

「はいはい」

笑み交じりに応じた後、彼は左手で胸を揉みながら、利き手の長い指を蜜口の中に埋め込んできた。中をくちゅくちゅとかき混ぜながら、前方の淫核もぬるぬると転がしてくる。指の動きに誘われるようにして濃密な恍惚が湧き上がり、蜜洞がうねり出した。璃々の腰も揺れてしまう。

繊細な指遣いは、璃々の官能を知り尽くしていた。内側と外側の性感を同時につま弾かれ、頤を上げて喘ぐ。

「んっ、はぁ……っ、あっ、……ぁあっ……！」

身体の芯を恍惚が走り抜けるたび、内股がはしたなくひくつく。蜜路が切なく指を締めつけ、下腹の奥が熱く疼いた。これでは足りないと、指をしゃぶりながら焦れている。

「獅苑さまぁ……っ」

ねだる声で肩越しに流し目を送れば、彼がごくりと喉を鳴らす音が聞こえた。

「……ほしい？」

情熱にかすれた声でささやきながら、硬く屹立したものを璃々のお尻に擦りつけてくる。

「はい……。ください……」

のぼせそうな頭で答えたとたん、彼は湯船の中で立ち上がり、一緒に抱き上げた璃々の向きを変えて湯船の縁石に両手をつかせた。彼に向けて尻を突き出す体勢である。軽く開いた脚の間がぬれているのは、お湯のせいばかりではあるまい。

羞恥でますます淫唇が熟れていくのがわかった。おまけに物欲しげにひくついている。それだけでも耐えがたいというのに、獅苑は無情に言う。

「もっと脚を開いておくれ」

「こう、ですか……？」

「もっと大きく」

「えぇ……？」

肩幅以上に開いても許されなかった璃々は、片膝を風呂の縁石に乗せてみた。と、はしたなく咲きほころんでいた花びらがぱっくりと開き、中に溜まっていた蜜がどろりとこぼれて内股を伝う。それだけではない。一部は透明な糸を引いて、湯にまっすぐ滴り落ちた。

「ちがうんです、これは……っ」

あまりに卑猥な光景に涙目で弁解しかけたところ、璃々の括れた腰が力強くつかまれる。

「ごめん、我慢できない――」

ひと言そうつぶやくや、獅苑は天を向いてそそり立つ楔を、蜜口に思いきり突き立ててきた。ずぶずぶっと押し入ってくる極太な楔の質量に、璃々は目を瞠る。

「あぁぁっ……！」

身体の芯を貫く快感におののき、つかまれた腰を猫のようにしならせた。

「やぁっ……、おっ、きい……！」

熱した鋼のように熱くて硬い欲望に深々と串刺しにされ、息が苦しいほど。細腰をガクガクと震わせて何とか飲み込んだとたん、今度は強く楔を引き抜かれ、また胸を揺らして嬌声を発した。

「やぁぁン……！」

大量の蜜ごと退く硬い先端が、わななく蜜路を思いきり擦り上げてくる。ことに角度を持って反り返った括れに、蜜路を隅々まで捏ねまわされれば、痺れるような深い官能に見舞われる。

しかし気持ちの良い刺激に浸る間もなく、今度はふたたび強く腰を打ちつけられるのだ。尻に彼の腰がぶつかり、内奥の性感をずんっと深く突き上げられる。

「あはぁっ……！」

脳髄まで突き抜ける快感に、璃々は首を反らせて喘いだ。彼の腰がずるりと引かれる間、眼裏がちかちかと明滅する。しかしそれもすぐ、くり返される突き上げにかき消される。

「しえん、さまっ、……はげし……っ、あぁっ！　……はぁっ、……ぁあっ！」

強靱にして執拗な抽送からは、彼が璃々を貪る行為に夢中であることが伝わってくる。歓びと興奮に燃え立つ璃々もまた、尻を突き上げたまま、みだりがましく懊悩した。あまりにも濃密な快楽に腰を振り立てて惑乱すれば、逞しい欲望が璃々の弱みを容赦なく責め立ててくる。

いつになく激しい痴態に彼も乱されているようだ。荒々しく放埒な腰遣いで璃々を徹底的に追い詰めてくる。

身体の芯までびりびり痺れる濃密な快感に、璃々は淫らにむせび啼いた。

「あぁン！　いぃっ、はぁっ、しぇんさまっ、いぃっ……あぁっ、ぁぁあっ！」

これまでにない深い歓喜が大波のように押し寄せ、圧倒的な力で呑み込もうとする。璃々はその大波に溺れて全身を痙攣させ、あっという間に目がくらむような頂へ昇り詰めた。

そんな中、獅苑の動きはまだまだ止まらない。精を絞ろうと根元から絡みつく濡れ襞の締めつけを味わうように、ずんっずんっとくり返し挿し貫いて快楽を貪る。

「璃々、いいよ。璃々……っ」

彼は背後から覆いかぶさるように上体を倒すと、璃々を腕の中に閉じ込め、腰をしっかりと押さえつけて奥ばかりを小刻みに穿ってきた。

「あっやぁっあっあっ、ぁあンっ……！」

極まったままの璃々は、逃れられない歓喜から逃れようと悩乱し、おそろしいほどの高みへと無慈悲に押し上げられていく。いっそうきつくなった蜜洞の締めつけに獅苑がうめいた。それでも彼は強靭に腰を振り、細かい律動で奥をくり返し抉り、快楽を執拗に刻み込んでくる。

「やぁっ、あっ、あぁっ、しえっ、さまぁっ、ぁぁ！」

容赦のない快感の嵐にもみくちゃにされ、璃々はボロボロ泣きながら濡れ鬟で彼のものを絞り上げる。快感に次ぐ快感に気が遠くなり、もう無理だと思った時、ようやく中で彼が果てた。迸る熱い飛沫に奥を刺激されてとどめをさされ、膝から力が抜けてしまう。

「あふぅ……っ」

「わ……!?」

湯船の中にくずおれそうになった璃々をあわてて受け止め、獅苑が下敷きになるようにして、ふたりで共にざぶんっと湯に浸かった。

後ろから璃々を抱きしめたまま、しばし荒い呼吸を響かせていた獅苑は、やがて小さな声でつぶやく。

「ごめん……。今のは良くなかったね……」

「――」

「璃々があまりにも色っぽくて、つい我を忘れてしまった」

言い訳するように付け足された言に、くったりしていた璃々はぴくりと反応した。

「……わたし、色っぽかったですか？」

「うん、とても。目元を赤く染めて、ぬれた眼差しで『ください』って言われて……。理性が飛んでしまったよ」

そう言って獅苑は耳に口づけてこようとする。しかし璃々はその前に湯の中で体勢を変え、彼と向かい合った。

「わたしはずっと、獅苑様を魅了できるほど色っぽい大人の女になりたかったので、うれしいです……」

と、彼は優しく目元をほころばせる。

「とっくに魅了されているよ。おまえの顔を見れば、抱く時の想像ばかりしてしまう……」

口ではそう言いつつ、余裕の微笑みを浮かべる獅苑が恨めしく、璃々は手をのばして彼のものにふれた。先ほどの体液の名残でぬるついている。

「――……」

璃々をじっと見上げる獅苑の瞳に欲望の火が灯る。

手で包み込んだ彼の雄を上下に軽く扱くと、それはたちまち反応し、硬さを取り戻していった。だまって見つめ合いながら、ぬるぬると手を動かすと、ほどなく逞しくそそり立っていく。

頃合いを見て、璃々はゆっくりとその上に腰を落としていった。と、熱く脈打つものに内側から押し拡げられていく。

「ふぅぅ……っ」

ぎちぎちな圧迫感に眉根を寄せ、剛直のもたらす官能に酔う。内奥の悩ましい性感を、硬い亀頭に押し上げられ、湧き上がる深い歓びに酔いしれる。

獅苑は、そんな璃々の首筋を伝う汗を優しく吸い取った。首をたどって上ってきた口づけが、璃々のくちびるにしっとりと重なる。熱い吐息と、ぬれたくちびるとを柔らかく食み合い、どちらからともなく差し出された舌を擦り合わせる。

濃密な交歓を続けるうち、頭がぼぅっとのぼせてきた。お湯のせいか、気持ちの良いキスのせいかわからない。獅苑は璃々を抱くと元気になると言うけれど、璃々は彼に求められればいつも、たっぷりの愛情に浸されてふやけてしまいそうな心地になる。

ちゅくちゅくと悩ましい音を立てて互いの舌を舐りながら、獅苑は璃々を抱きしめ、背中をなでまわしてくる。お返しに璃々は胸をいやらしく擦りつけながら、淫奔な舌遣いでキスに応じる。

と、璃々の中に収まっているものがビクビクと反応した。

「…………」

思わずくちびるを離してみれば、すっかり欲情した獅苑の瞳にじっと見つめられ、璃々の身体も熱くなる。彼はやや挑発的に言った。

「今度はおまえの好きにするといい」

「では、このまま……」

璃々は両手で彼の頬をはさむ。

「このほうが、お顔がよく見えます……」

「……私は今、どんな顔をしている？」

「男の人の顔……。獰猛で、食べられてしまいそう……」

璃々の答えに、獅苑は笑った。実際、欲望を露わにした端整な顔には余裕がなく、壮絶に色めいている。いつも、誰に対しても穏やかで礼儀正しい彼のこんな顔を見られるのは自分だけ。そう思えば興奮は高まっていく一方。

璃々は不器用な動きで腰を揺らした。蜜襞で熱杭を締めつけて、扱くように腰を上下させる。水の中であるため初めは難しかったものの、次第に要領をつかんできた。

自分の悦いところに先端が当たるよう調節すれば、身震いするほど心地よい。こつこつと奥を突かれるたび、目のくらむような快感が全身に響き渡り、息を詰めて背をしならせる。気づけばはしたないほど夢中で腰を振っていた。ざぶざぶと湯をかき混ぜる大きな音が、石造りの広い湯殿に響く。

「あっ、……あぁっ……、ぁっ……、いいっ……、いい……！」

「私もいいよ、璃々……」

璃々の動きが大胆になるにつれ、中で滾る欲望もいっそう硬く張り詰めていった。淫蕩な感覚に酔いしれて腰を振りたくっていると、湯に浮いて揺れる胸の両の先端を、彼がきゅっとつまんでくる。

「ぁん……！」

そのまま指の腹で左右に転がされ、じんじんと痺れるような愉悦に包まれる。

「やぁっ、ぁンっ、ぁンっ、……ぁあン……！」

予期せぬ愛撫に腰が跳ねたとたん、屹立の張り出した部分で奥の性感をぐりっと抉られた。気が遠くなるほどの快感が生じ、璃々は眉根を寄せてビクビクと全身を震わせる。

「――……っっ」

濡れ襞が熱杭をきゅうきゅう締めつけ、獅苑が心地よさそうに息をついた。

「そこ、好きだね」

「……はい……っ」

彼にされている時は、執拗に捏ねられて訳がわからなくなってしまう場所だが、今は自分のペースで愉悦の波に乗ることができる。璃々は、野太い欲望で内奥をこんこんとたたく穏やかな快楽に浸った。それでも時折腰をくねらせてぐいぐい押し当てれば、下腹の奥から熱い恍惚が絶え間なく湧き出す。目の前が白く明滅するほどの快感を、自分で積み重ね、次第に何も考えられなくなっていく。

「しえんさま……、あぁっ、……しえんさまぁ……っ」

「気持ちいい？」

「んっ、いいっ……、気持ちいいです……っ」

何度もうなずき、内股で彼の腰をはさんで締めつける。気持ちよすぎておかしくなってしまいそうだ。

終着が近くなると璃々はひときわ激しく腰を躍らせて啼き喘ぐ。やがてじっくり積み重ねた分、怖ろしいほど深い歓喜に呑み込まれる。

「あぁぁ……！」

獅苑の首筋にしがみついて絶頂に至った璃々に、彼は貪るようなキスをしてきた。

「んん……っ」

全身が気持ちよすぎて苦しい。信じられないほどいやらしいキスに気が遠くなる。ビクビクと全身を震わせ、キスだけで連続して昇り詰めてしまった璃々の中で、獅苑の欲望も弾けた。中に注がれる熱いものに咽び啼く。

「はぁ、ぁ……っ」

「璃々……、璃々……っ」

相手が主導する形に焦れたのか、続けざまに挑んで来ようとする獅苑を、かろうじて押し戻す。

「待って……。少し待ってください……」

湯あたりしそうになった璃々は、湯船から這い上がってはぁはぁと苦しい息をついた。共にあがった獅苑が、璃々の身体が冷えないように拭いてくれる。さらに乾いた新しい内衣《したぎ》も着せてくれた。しかし淫らな渇望をなお持て余しているのは璃々も同じ。見つめ合えばすぐに伝わってしまう。

吸い寄せられるように口づけを始め——寝室に戻ったふたりは、濡れた髪を乾かす間もなくふたたび絡み合い、互いに官能の交歓に溺れたのだった。

　情熱的に愛し合った後、璃々は獅苑の胸の上にぐったりともたれかかった。甘やかな余韻に満たされ、力強い鼓動を聞きながらうとうとしてしまう。獅苑はしばらく璃々の頭をなでていたものの、あるときふとつぶやいた。

「何かいい匂いがする」

　ぺたりと頬をつけた胸から直接声が響いてくる。璃々は夢うつつの状態で答えた。

「窓のすぐ外に梔子《くちなし》が咲きましたから……」

「どれ――」

　獅苑が身を起こす気配に、璃々も一緒に起き上がる。彼は薄い寝衣を羽織ると、手燭を持って窓に寄った。花卉模様の格子の隙間から、蠟燭の灯りを受けて、白い花が宵闇に浮かび上がる。

「本当だ。きれいだな」

　璃々も寝衣で身体を包んで彼の横に立った。軽い夜風が、情事に火照った身体に心地よくふれる。ふわりと、甘い香りを運んでくる。

「やはりいい匂いだ……」

「でもそろそろ終わってしまいます」

「来年もまた見よう」

獅苑は璃々の腰に腕をまわしてくる。

「次も、その次の年も。ずっと一緒に」

璃々もまた彼の腰に腕をまわし、ぴたりとくっついた。ひとつになった体温に安心感を覚えながら、璃々は彼を振り仰ぐ。

「はい」


しかし翌朝、梅花殿に駆けつけた宦官によって最悪の報せがもたらされた。

皇太后の行方を追っていた禁軍の兵士たちが、彼女の郷里である喬《きょう》州の町や村に火をつけて略奪し、住民たちを殺戮してまわったというのだ。

結果、皇太后の首級を上げることには成功したものの、「暗君が罪もない祖母を殺した」として話が広まり、住民への虐殺も手伝って、怒りに燃えた者たちが兵士を襲撃。数で圧倒した叛徒は軍の一隊をほぼ壊滅させた。

報告を受けた獅苑は、青ざめて問う。

「なぜ火をつけた？　なぜ民を殺した？」

宦官はかしこまって応じた。

「生き残った兵士の話によりますと、喬州の住民は皇太后をかくまい、白をきり続けるばかりだったそうで、それに業を煮やした将が、見せしめとして命じたとか……」

「愚かな――」

獅苑が顔を歪めてうめく。

皇太后の首はかろうじて宮城まで届けられたというが、こうなると首を晒すのも逆効果だ。

「………」

璃々もまた、沈鬱な光景をなす術もなく見守るしかない。脳裏では、瑯永の手紙に記されていた言葉がぐるぐるとまわっていた。

『胡獅苑は民衆の恨みと憎しみの的。今さらあれは嘘でこれから善政を敷くと言われたところで誰も信じないし、許さない』

『彼が滅ぼされるべき悪政の象徴であることに変わりはない』

（瑯永の言うことのほうが正しかった……？）

そんな自分の弱気に、大きく首を振る。

しかし実際、皇太后が死んだ後も、彼女が執拗に広めた獅苑についての悪評は、獅苑の足を引っ張り続けた。

まず喬州での悲劇が、「皇帝が虐殺を命じた」という噂となって広まるまで時間はかからなかった。もちろん獅苑のほうも噂の火消しを図るも、それがまた虐げられ続けてきた人々の怒りを招く結果に終わる。

ついに喬州で蜂起が起きたのは、皇太后の死から一週間がたった頃。混乱は各地に広まり、喬州に呼応するように各地で無数の蜂起が発生した。

そしてついに恐れていたことが現実になる。

璃々の故郷である藍州で、大規模な叛乱が起きたのだ。叛乱は各地で蜂起した者たちも巻き込み、たちまち国中を巻き込む大きなうねりとなって皇都に迫ってくる。

叛乱を率いるのは、二十歳を越したばかりの若者、普瑯永。——またの名を、胡悠舜《こゆうしゅん》といった。

◇◇◇

「悠舜って、あの先帝のお子だった悠舜皇子？」

「そうよ」

遊びに来た李夫人――元丹徳妃は、難しい顔でうなずく。璃々の宮殿である梅花殿には、他の三妃も集い、そろって李夫人が持ってくる後宮の外の話に耳を傾けていた。

悠舜皇子は、巷では獅苑が暗殺したと言われる幼い異母弟である。が、実は皇太后の政敵によって担ぎ出されようとしていたため、皇太后が暗殺させたというのが、後宮での定説だった。十一年前――獅苑が皇太后への大規模な抵抗に失敗した後のことである。

「いずれにせよ殺されたのではなかったの？」

ざっくりまとめた牡淑妃に、李夫人が首を振る。

「そう言われていたけど……ひそかに逃げのびていたようね。みんな驚いているわ」

もちろん璃々も驚いた。だが皆とは少し違う驚きだった。

(卿永が……悠舜皇子だったなんて……!?)

卿永は身体が大きく、明るい性格で、いつも人の輪の中心にいた。獅苑はといえば男性にしては華奢で、性格は穏やか、いつも人の輪から少し離れたところで微笑んでいる印象がある。

まとう雰囲気がまったく異なるため、ふたりが血を分けた兄弟であるなど、璃々も今の今まで気がつかなかった。

そもそも逃げた皇子がどういう経緯で人里離れた山奥にまでやってきたのか。わからないことだらけだ。

「忌々しいことに、世間では悠舜皇子に対して好意的な反応がほとんどよ」

李夫人が吐き捨てるように言った。

「何でも皇子は明朗闊達、公平無私、聡明で寛大で情に厚くて、豪気不屈の精神の持ち主なんですって」

「いい評判ばかりね……」

「そう。だから今、『新帝・胡悠舜』は疲弊した人心の拠り所になっているそうなの」

「――……」

何年も手紙を書き続けたにもかかわらず、瑯永が璃々の言葉に耳を貸さなかった理由が、ようやくわかった。彼には帝位につく資格がある。つまり彼にとって胡獅苑は、恨みや憎しみの対象であるばかりか、倒してすべてを奪い返す相手であったのだ。

獅苑が皇太后に利用されているだけであろうと、そうでなかろうと、大きな差はない。

（そして今、瑯永は民意を完全に味方につけている……）

ひたひたと不安が迫ってきた。それは他の妃たちも同じだったようで、茶席が重い沈黙に包まれる。

李夫人はため息をついた。

「実は私、混乱が治まるまで皇都を離れているよう主人に言われているの。私の家族と、主人の両親を連れて、田舎にある邸にしばらく避難するつもり」

「そう……」

李将軍自身は、叛乱軍を迎え撃つ準備に追われているという。

「あなたたちはどうするの？　私が心配するまでもないと思うけれど、もしよければ一緒に――」

皆まで言わせず、芍貴妃がはっきりと答えた。

「わたくしは、もうしばらくここにいます。家族から逃げるよう言われていますが、あと少しだけ陛下のお傍にいてさしあげたいの」

蘭賢妃と牡淑妃もそれに続く。

「わたくしも」

「わたくしもよ」

言われるまでもなく璃々もうなずく。

獅苑が何か有効な手を打って、叛乱が収束するのではないか。あるいは立ちふさがる禁軍を前にして、叛乱軍がひるんで逃げ出すのではないか。

この時はまだそんな希望があった。不安を感じてはいたものの、最悪の事態にはならないと高をくくっていたのだ。
だが——そんな予想も虚しく、事態はその後、坂道を転がるように悪化していった。

◇◇◇

それからひと月もたたないうちに事態は急変した。日ごとに数を増やし大軍勢となった叛乱軍が、立ちふさがる禁軍を打ち破ったのである。

もはや破竹の勢いで進む叛徒を妨げるものは何もない。

その報せに宮廷が騒然としている間に、叛乱軍は驚くほどの速さで皇都に迫ってきた。

そしてある日、ついに地を埋め尽くすほどの軍勢が、皇都の門前に現れたのである。

朝早く、璃々は後宮の門まで芍貴妃たちを見送りに出た。

常であれば容易に開かれることのない門だが、三日前から、中から外へ出る人間に対しては求められるままに鍵を解くようになった。

獅苑がそう命じたためだ。彼は後宮の妃嬪や宮女、宦官たち全員の役目を解き、逃げるあてがある者は後宮から出るよう勧めた。

それでも芍貴妃たちはできる限りここに留まってくれた。獅苑と璃々を最後まで支えてくれた。しかしそんな彼女たちもついに逃げる時が来たのである。

叛乱軍が皇都に到達し、門前に陣を構えたという報が入ってきたため、これ以上ここにいては危険だと獅苑が強く促した。

「何から何まで、ありがとうございました」

璃々は拱手して彼女たちに頭を下げた。

「道中どうかご無事で。皆様のご多幸をお祈りします」

それに対し、三妃は袖口で目頭を押さえる。

「まぁ璃々。すっかり見ちがえて……」

蘭賢妃の隣で牡淑妃もうなずく。

「ここに来たばかりの頃は、まだ礼儀もなっていない子供だったのに、いつの間にかこんなに立派になっていたのね」

芍貴妃は、うるんだ眼差しで璃々をじっと見つめた。

「陛下のことを頼みましたよ」

「はい」

「これまでずっと、国の贄となるために生きてこられた方。たとえその時を迎えるのだとしても、きっとおつらいことでしょう。お願いだからおまえは、できる限りお傍にいてさしあげて」

「はい！」

力強く答え、何とか笑顔で三人を見送る。

彼女たちを乗せた馬車が見えなくなるまで手を振った後、璃々は天極宮の朝堂に向かった。

外廷で諸官が皇帝に謁見するための場である。ほんの三か月前――獅苑が親政を宣言した時には、数えきれないほどの官吏がひしめき合っていた。だがその大きな広間に今は誰もいない。

本来であれば朝議が行われていなければならない時間だというのに、官吏の姿はまったく見えなかった。皆、逃げてしまったのだ。

ただひとり、獅苑だけが龍座に座っていた。皇帝の証である黄袍を身につけた彼は、近づく璃々に気づくと微笑みを浮かべる。わずかな哀しみをにじませ、すべてを鷹揚に受け止める、いつもの微笑みだ。

「政策はすべて白紙に戻ってしまった。また一からやり直しだよ」

そして凪いだ瞳を、誰もいない朝堂に向ける。

「必死に頑張るだけでは足りなかったみたいだ……」

彼は手をのばし、璃々を膝の上に乗せようとした。しかし璃々はその手から身を引く。

「お話があります」

「なに？」

「わたしを叛乱軍に送ってください。叛乱軍を率いている悠舜皇子――普卿永は、わたしの戸籍上の従兄なんです」

「璃々――」

「蓉璃々というのは偽名です。わたしの本当の名前は普璃々。十五年前、禁軍によって滅ぼされた普家一門の娘です」

璃々はさすがに緊張を交えて告白した。獅苑を裏切ったことは一度もない。彼もそれはよく知っているはずだ。しかしよりにもよって敵の首領の従妹。璃々のそんな素性を、獅苑はどのように受け止めるのだろう？

ドキドキしながら反応を待ったものの、彼は「あぁ」と軽くうなずいただけだった。

「気づいていたよ」

「え？」

「以前、おまえが桀州出身なのではないかと考えたという話はしたね？　あそこに族滅を生きのびた普一族の隠れ里があることは知っていたから」

「どうして……」

「普家は私の母の生家だ」

「――……!?」

衝撃的な告白に、璃々は息を呑んだ。

「十五年前、皇太后は私をあの家から奪い、一族を皆殺しにしたんだ」

「うそ……」

「だが十二年前、私が皇太后から実権を取り戻そうと画策した際、協力者からそれを聞きつけた普家の者がひそかに接触してきた。その時に、生き残りが桀州の山中にいると聞いた」

結局計画は失敗に終わり、その者は捕らわれた。普家の生き残り――つまりは獅苑への人質となりうる人間を、皇太后は獄に入れた。そのまま彼は獄の中で放置されていた。

「その翌年、悠舜の騒動が起きた」

「あぁ――」

獅苑のほかに、皇位争いに巻き込まれず生きのびた皇子がいると明らかになった。何でも皇太后と対立する勢力がかくまっていたという。

もちろん皇太后は黙っていなかった。

「ほどなく悠舜は刺客に襲われた。重傷を負いながら逃げ、私と懇意にしていた文官に助けられた。文官から相談を受け、私は知り合いの商家と買収した宦官たちに命じて、悠舜の遺体をすり替えてあの子を死んだように見せかけた」

「え……」

意外な証言に、璃々は目を瞠る。

「そして悠舜の傷が癒えてきた頃、囚われたままだった普家の者をひそかに脱獄させ、その者にあの子を託して逃がした」

「ということは……」

璃々に向け、獅苑は小さな笑みを浮かべてうなずいた。

「悠舜は私が助けたんだ」

「そうだったんですか」

「それがこんな結果になるとはね」

「それならなおさら、わたしを使者として彼のもとへ送ってください」

璃々は強硬に主張した。

「卿永が悠舜皇子だとは知りませんでした。ですがわたしは彼に言われて、後宮の様子を手紙に書いて送っていました。その働きへの報酬として獅苑様の助命を求めてきます。今、彼は皇都の門前にいるんですよね？　でしたら時間はかかりません。すぐに戻りますから」

「璃々――」

まくしたてる璃々を落ち着かせようというのか、獅苑が誘うように手を差し出してくる。しかし璃々はぐっとこぶしを握りしめ、その場に留まった。

「わたしは、獅苑様は悪くないって、ずっと手紙に書いてきました！　卿永はそのことを知っているはずなんです！　ですからきっと応えてくれるはず――いえ、応えるべきです！」

こんな事態になった責任は璃々にもある。四年もの間、卿永と手紙を交わしながら、ついに彼の心を変えることができなかった。報告をなかなか受け止めてもらえないと不思議がるばかりで、その真意に気づきもしなかった。卿永の目的が世を正すのではなく、獅苑を倒すことだったと察していれば、もっと何か打つ手があったかもしれないものを！

強い後悔に涙がにじむ。それをぐっと堪え、璃々は獅苑を見つめた。

「彼に会って獅苑様との話し合いに応じるよう説得します。ですからどうか、わたしを使者として叛乱軍に送ってくださいっ……！」

叫んだ瞬間、獅苑は腰を浮かして璃々の手をつかみ、攫うようにして引き寄せた。膝に乗せ、両腕をまわしてくる。強い抱擁は、抱きしめるというよりも、腕の中に捕えるかのようだった。

「この期に及んで私の掌中から飛び立とうというの？」

肩口でのささやきに、璃々は決然と返す。

「必ず戻ります」

「これから自分が攻め込もうとしている場所に、彼がおまえを戻すと思う？」

「それでも――直接話さなければ伝わりません。手紙ではダメなんです。どうかお聞き届けください」

しかし彼はにべもなく首を横に振った。

「だめだ。許可しない」

「獅苑様……っ」

「みんな逃げればいい。だけどおまえだけは――璃々だけはいやだ」

「わたしは、瑯永に獅苑様を殺されるのがいやです」

反論するも、皮肉めいた笑みを返される。

「叛乱軍に皇帝の助命など願うだけ無駄だよ」

「でも……っ」

さらなる反論を封じるように、獅苑は璃々を強く抱きしめてきた。

「無駄なことのために離れたくない。せめて最後まで傍にいてくれ」

顔を曇らせる璃々から少し身を離すと、彼は紐で留められた璃々の服の合わせをそっと開き、胸を露わにしてしまう。

「し、獅苑様…っ」

「ん？」

「こんな場所で……」

政治の中枢にして、本来は文武の官吏が集う公の場である。

璃々は焦って彼の膝から降りようとした。しかし彼は逃がしてくれない。

「どうせ誰もいない」

投げやりに言い、獅苑は前合わせの中に手を差し入れてきた。たぷんたぷんと双乳を手のひらの上で遊ばせた後、先端を指先でくりくりとくすぐってくる。

「んっ……」

眉を寄せて切ない反応を見せる璃々を見上げてフッと笑うと、今度は合わせの中に顔を突っ込むようにして、はくりと乳首を甘噛みする。のみならず、ねとねととしゃぶってくる。

甘い愉悦がこみ上げ、璃々はあえかな声をもらした。

「あっ……、あっ……」

がらんとした朝堂に、その声は思いのほかよく響いてしまう。

彼が胸をしゃぶっている光景は、前合わせに隠れて傍目には見えないはずだが、その秘めやかな行為がひどく後ろめたく、恥ずかしい。

ついつい周囲を気にしていると、獅苑は璃々の注意を引くように、いっそういやらしく舐めてきた。熱い舌が乳首にねっとり絡みつき、捏ねまわすようにして淫らに扱いてくる。

璃々の身体がビクビクと震えてしまう。

「あっ、ぁン……！」

声を出してしまってから、あわててくちびるを噛みしめた。今は誰もいなくとも、声を聞いて誰かが来てしまうかもしれない。

「いっ、いけません、獅苑様……っ」

小声で言うも、彼はすました顔で応じてくる。

「では声を我慢しておいで」

「そんな、あっ……、んっ……んん……っ！」

柔らかくちゅぅっと吸われ、力が抜けそうになった璃々は、思わず彼の首に腕をまわしてしがみついた。早くも身体が熱くなってくる。

獅苑は璃々の服の中で大きく息を吸った。

「璃々の匂いがする……」

悩ましいため息と共に、しみじみとそうつぶやく。膝の上に座らされているせいで、璃々には彼の身体の一部が硬くなったのが伝わってきた。

「獅苑様……っ」

「鎮めてくれる？」

見つめたまま、物柔らかな声に求められ、胸の鼓動が高まっていく。愛する人にそう言われ、断れるはずがない。

「……はい」

かくなる上は速やかにすませよう。

璃々は玉座の座面に膝をつく形で、彼の膝にまたがった。当然と言うべきか玉座は大きいため、それだけの余裕がある。

その後はふたりで手早く互いの腰帯を外し、内衣《したぎ》の合わせも開き、周囲には見えない形で互いにだけ秘部を晒し合った。胸へのひそかな愛撫のせいか、あるいはこの状況に興奮しているのか、璃々の蜜口はすでに物欲しげに潤っている。ぬれた花弁を、半分ほど頭をもたげた楔の裏筋に擦り合わせ、ぬるぬると刺激して大きく育てていく。

ビクビクと震える熱い欲望が次第に硬く、大きくなっていくのを、恥ずかしい場所で感じ取り、璃々の花びらもますます熟れていった。

互いの眼差しが熱くうるみ、自然にくちびるを重ね合う。とろとろと舌を絡めて官能に浸る。

時間に余裕がない中での情熱は、あっという間に燃え上がっていった。

ひときわ立派に滾った欲望の上に、璃々はゆっくりと腰を下ろしていく。

「はぁっ、ぁ、……あっ、ぁぁぁ……っ」

根元まで深々と飲み込むと、ぎちぎちと内側から拡げられる感覚に陶然となる。蜜洞に呼応するように、乳首までもがピンと硬く尖ってしまった。彼に抱きつく形で、心地よさにため息をつく璃々の耳元で、獅苑が低くささやいてくる。

「ひじ掛けに膝をかけて」

無情な指示に璃々は涙目になった。

「獅苑様……っ」

玉座は太った男性がゆったり座れるほど大きなもの。今の体勢でひじ掛けに膝をかけたりすれば、寝台の上でする時と同じくらい大きく脚を開くことになってしまう。

（いつ誰が来るかわからない、こんな場所で……？）

うるんだ眼差しでそう訴える璃々の鼻の頭に、彼は小さくキスをした。

「不謹慎だと思う？　でもおそらく、歴代の皇帝の誰もが一度はひそかに試したことがあると思うな」

「それは獅苑様の勝手な決めつけです」

「願いをかなえてくれたら、動いてあげる」

フフ、とイタズラめかして微笑む彼が、恨めしくてたまらなかった。中途半端なまま放り出されては、こちらとて焦れるばかり。かといって、ここで自ら腰を振って快感を極められるほど図太い性格ではない。

璃々は渋々うなずいた。

「わかりました……。その代わり、なるべく早く終わらせてくださいね」

「身も蓋もないな」

「約束ですよっ」

頬を膨らませて言い、璃々は獅苑に背中を支えられながら、両の膝をひじ掛けに引っかけた。あられもなく大きく開かれた生脚が、ぶらぶらと宙をかく。結合部は衣服に隠れて見えないとはいえ、死ぬほど恥ずかしい。

「どんな気分？」

耳朶にキスをされながらの意地の悪い問いに、璃々は顔を真っ赤に染めて応じた。

「脚、閉じられなくて……っ」

「それは困ったね」

「獅苑様……！」

「ごめん、ごめん。困った顔がかわいすぎて……」

くすくすと笑って、彼は璃々の顔にくり返し口づけてくる。そして璃々の膝を持ち上げ、結合部だけで体重を支える形にした。

「約束は守るよ」

ずんっと下から重く突き上げられ、疼いていた下腹の奥で快感が弾ける。

「ひぅ！」

弓なりに背を反らして震える璃々を支え、彼はさらにずんずんっと大きく腰を使ってきた。あられもなく広げられた脚のはざまから、ぐちゅっぐちゅっと聞くに堪えない音があたりに響き渡る。

張り出した楔の先端が臍裏の性感を擦るたび、深く濃密な歓喜があふれ出してくる。腰が糖蜜のように蕩けてしまいそうだ。

快楽の頂近くへ押し上げられながらも、璃々は袖を噛んで声を我慢する。動くこともできず、彼にしがみついたまま灼けつくような快感の坩堝で懊悩する璃々を、彼は強く小刻みに揺さぶってきた。

「んっんっんっんっ……！」

ふいに頭が真っ白に染まる。絶頂にたどり着きながらもなお揺さぶられ、内奥の性感をごりごり突き上げられて意識が飛んでしまいそうになる。

「うんんぅ……！」

我を忘れて煩悶するほどの激しい快感に、媚肉全体が痙攣し、彼の欲望をきつくきつく食い締めた。とたん、低くうめいた獅苑が吐精する。奥の奥で受け止めた熱い精の迸りに、璃々はぞくぞくとした愉悦を感じてむせび泣く。

短くも激しい情交の余韻に、なまめかしい息遣いが朝堂に響く。しかしもちろん咎める者どころか、公の場での不埒な行為を目にした者すら、誰もいなかった。

身づくろいをして、ふたりで後宮にもどる最中、宮城の広場に集う禁軍の兵士たちの部隊と、その前で兵を鼓舞する李将軍を見かけた。整然と並ぶ千人ほどの兵士を前に、彼は意気軒高に檄を飛ばしている。

「これだけの大軍で迎え撃つんだ、負けるはずがない。叛乱軍はそう考えている！　いいか、最後までそう思わせておけ！」

「応!!」

李将軍の人望のなせるわざか。文官たちは負けると決めてかかっているが、武官らはまだ士気が高いようだ。そう考えて、ふと思いつくことがあった。

「そういえば、賽はどうしているのですか？」

首を傾げる璃々に、獅苑が穏やかな微笑みのまま言う。

「賽なら今、叛乱軍の中にいるよ」

「えっ!?」

璃々は衝撃を受けた。何という変わり身の早さだろう。あれだけ獅苑の傍近くに仕えていながら、よりにもよって叛乱軍に鞍替えとは。

（そりゃあ、ずっと皇太后様に仕えていたわけだし、獅苑様を苦しめたし、獅苑様のもとでは出世できないかもしれないけど……！）

だが璃々が知るかぎり、彼はいつも獅苑の最も傍近くにいて、一番の信頼を受けていた。多岐にわたる仕事をこなしてなお涼しい顔をする賽を、璃々はそれなりに尊敬し、信じていたというのに。

璃々は横を歩く獅苑の腕にぎゅっとしがみつく。

「ん？」

「わたしは、何があっても獅苑様の味方ですから！　未来永劫、ずっと」

振り仰いで言うと、獅苑は軽く笑った。

「未来永劫か。壮大な誓いだな」

「永劫といったら永劫です！」

「わかった、わかった」

声を立てて笑い、獅苑はしがみつく璃々の肩を抱いてくる。ふたりでじゃれ合いながら、外廷と後宮とを隔てる門をくぐる。――その時、強い違和感を覚えた。

人の気配がまるでない。

璃々は思わず足を止めた。

「――――」

多くの人が何不自由なく暮らしていた、平穏な人工の楽園。それが今は閑散として、おそろしいほどの静寂をもってふたりを迎える。人がいないこと以外は変わっていないにもかかわらず、まったく知らない景色のように見える。

璃々の沈黙をどう受け止めたのか、獅苑が静かに訊ねてきた。

「……逃げたい？」

もしうなずいたら彼はどうするのか。行っていいなんて、決して言わないくせに。

束縛をすらうれしく感じ、璃々は腕にしがみついたまま彼を振り仰ぐ。

「そういえば、わたしと獅苑様は親戚だったんですね。どうりで初めて会った時から、どこか特別に感じたはずです……」

「たしかに。私も本当の妹のように感じていた」

目を見合わせ、くすりと笑う。間近にあったくちびるが吸い寄せられるように重なった。

啄《つい》ばむようなキスをくり返した後、ふたり腕を組んで歩き出す。

獅苑の腕を引いて歩いていた璃々の視界の端に、その時、空へのぼっていく黒い煙が入ってきた。

皇都は起伏のない土地である。この後宮からでも、遠く都で上がる煙をかすかに捉えることができる。

目線に気づいた獅苑がそちらに目をやり、つぶやいた。

「始まったな」

都に叛乱軍が攻め込んできたのだ。

不安はある。しかし璃々の覚悟はますます強固なものになっていった。絶対に逃げたりしない。最後まで獅苑と共にいる。

彼の腕にしがみつく手に、力がこもる。

「早く戻りましょう。お茶をいれます。茉莉花のお茶、芍貴妃がたくさん取り寄せて陽慶殿に置いていってくださったんですよ」

「それはありがたい」

「その後は将棋を指しましょう。獅苑様がお忙しくなってから一度も指していませんけど、わたし、ちょっとは強くなったんですよ。芍貴妃たちがしごいてくださったので――」

璃々は動こうとしない獅苑の腕をぐいぐい引っ張って歩いた。

陽慶殿に入り、居間に落ち着いたところで、芍貴妃が残してくれた茉莉花のお茶をいれる。

榻に並んで座り、璃々と獅苑は久しぶりに将棋を指した。彼が即位して以来、ずっとできなかったことである。

「少しは楽しませてもらえるんだろうね？」

「余裕ぶっていられるのも今のうちです。後で泣きべそかいても知りませんよ」

「おまえこそ。昔は勝てないとへそを曲げてしまっていたね。覚えてる？」

「忘れてください……」

「毎回、機嫌を直してもらうのが大変だった」

「……獅苑様がかまってくださるのがうれしくて、拗ねていたところもあります」

「そうか。私も、機嫌を取ることまで楽しんでいた」

昔を思い出しながらの穏やかな時間は、あっという間に過ぎていく。

打つ手に迷って悩んだ璃々がようやく駒を置いた時、気がつけば、獅苑は立てた片膝に額をのせてうたた寝をしていた。

いつの間にか日は落ちていたようで、あたりは暗い。璃々は傍にある燭台に火を点けた。

そして獅苑の寝顔を見つめる。出会った時と同じ、眉宇秀麗な美しい顔。しかし今はやつれている。政治の実権を取り戻してから数か月間、寝食を削り、必死の努力を続けてきたせいだろう。

「――……！」

疲れきった顔を見下ろすうち激情がこみ上げてきた。悔しさに涙が浮かぶ。璃々は嗚咽が漏れそうになる口を手で押さえた。

（どうすればよかったというの……？）

あのまま皇太后の支配に甘んじていればよかったのか。たった数か月とはいえ、懸命に国を建て直そうとした彼の努力は、まったくの無駄だったのか。

幸せに手をのばそうとした獅苑の選択がまちがっていたというのか。

（他に方法はなかった……！）

瞳から、堪えきれない涙がぼろぼろとこぼれ落ちる。その瞬間、ワァ……と騒ぐ人の声が聞こえた。

少しずつ近づいてきているようだ。叛乱軍は今、どこにいるのだろう？

璃々は足音を殺してその場を離れ、陽慶殿から外に出た。

灯籠に火を入れる者もいないので、あたりは闇に沈んでいる。それでも遠くの空が赤かった。城下で火災が発生しているのだ。このあたりまで煙が漂ってくる。

高い建物が途切れる場所まで通りを走って、周囲の様子を確認すると、煙も炎も衝突の気配も、思いがけないほど近くまで迫っていた。叛乱軍はすでに外廷にまでなだれ込んできたようだ。ほどなく怒号や悲鳴が聞こえ始める。待ち伏せていた兵士たちが戦っているのだろう。

陽慶殿へ戻りかけた時、外廷と後宮とをつなぐ門がガンガンと派手な音を立てた。通常は鍵がなければ開けられない門である。が、そんな規則をあざ笑うように、メキメキと破られる音が響いた。

（来た――）

璃々は陽慶殿への道を走った。その後ろから、後宮へなだれ込んだ男たちの雄叫びが追ってくる。にわかに恐怖がふくらんだ。陽慶殿の門が見えてくると、あえぐように大きな声で呼ぶ。

「獅苑様！」

と、門前に求める人がいた。璃々はまっすぐ走り寄る。

「獅苑様、敵が……叛乱軍が、すぐそこまで……っ」

そう言いかけて言葉を止める。

こちらを見下ろす獅苑はひどく険しい顔をしていた。怒っているようだ。

「獅苑様……？」

「どこへ行っていたの？」

厳しく問われ、璃々は小さな声で答える。

「様子を見に……、そこまで……」

いったいどうしたというのだろう？　どんな時も優しく穏やかな彼が、こんなふうに怒るなんて。

まごまごする璃々に腕をのばし、獅苑は攫うように抱きしめてきた。そして非難をにじませ、押し殺した声でささやく。

「もう二度と会えないかと思った。こんな時に焦らせないで」

「……申し訳ありません」

黄丹色の袍衣から、いつもの蘭麝の香りが立ちのぼる。璃々はその香りを深く吸い込んだ。

大きな手が、不安にこわばる背中をなでてくる。怯えが安らぎ、気持ちが落ち着いていく。ややあって彼がささやいた。

「少し目を離した隙にいなくなってしまうなんて、困った子だな……」

こんな時だというのに、獅苑は穏やかだった。逃れ得ない結末を前にして、その落ち着きが切ない。

璃々は抱きしめられながら彼を見上げた。

「獅苑様、逃げてください。今ならまだ間に合います。どうか逃げてください……！」

外廷も城下もひどく混乱している。皇帝の衣を脱ぎ捨て、人混みに紛れてしまえばわからない。そして皇都から出てしまえば――

しかし彼は首を振った。

「それはできない」

「できます！　わたしが案内しますから……！」

「できないんだ、璃々。将棋で言えば、私は王将。ここを動くことはできない」

目を細めて璃々を見下ろし、彼は静かに言い諭してくる。

なぜ、彼ばかりがこんな目に遭わなければならないのか。その怒りがこみ上げる。このまま黙ってあきらめるなんてできない。

彼を苦しめる黄丹色の袍衣をつかみ、揺さぶりながら訴える。

「できます……っ」

必死に、真剣に訴える璃々に、彼はふたたび首を振る。

「ごめんよ」

「――……っ」

何もできない自分の無力が悔しくてたまらない。璃々の目にまたも涙が浮かぶ。

獅苑はその眦に口づけてきた。額に、眦に、鼻の頭に――自分の運命に璃々を巻き込んだことを悔いるように、優しくくちびるでふれてくる。

煙の臭いに包まれながら、すすり泣いていた璃々の耳が、やがて叫び声と物々しい足音を捉えた。果たして、身に着けるものも不揃いな男たちが武器を手に姿を現す。

先頭のひとりがまっすぐに獅苑を指さした。

「いたぞ！　皇帝だ！」

「捕まえろ！」

武器と松明を手に、またたく間に押し寄せた男たちが璃々を獅苑から引き離す。

「いや！　放して！」

暴れて抗う璃々の目の前で、無抵抗の獅苑が捕縛されていく。その姿も、暴徒たちの壁に遮られて見えなくなる。

「やめて！　彼は何もしていない！」

獅苑に近づくことをはばむ男たちの胴甲をたたきながら、璃々は半狂乱になって訴えた。

「その人は悪くない！」

それも邪険に振り払われ、後ろへ跳ね飛ばされた璃々は尻もちをつく。地面に座り込んでうめく璃々の前で、誰かが声を張り上げた。

「首を刎ねろ！」

号令に従い、男たちは獅苑を宮殿の前庭に引き立てていく。一面を真白く埋める砂利が、多くの汚れた靴に踏み荒らされる。荒々しく禍々しい響きが璃々を追い詰める。

「獅苑様!!」

必死の呼びかけに、獅苑は肩越しに振り向いた。そして安心させるように笑みを浮かべる。いつもの、わずかに哀しみの混じった柔和な微笑。

「獅苑様……!!」

叫びながら立ち上がり、璃々は全力でそちらへ飛び込んでいこうとした。その瞬間、後ろから腕をつかまれ、脇へ追いやられる。

「よせ。女は逃げろ」

そう言って薄い煙の向こうから現れたのは——

「獅苑様……?」

男たちの持つ松明の灯りに浮かび上がった顔に目を瞠った。だがしかし。

「……おまえ、璃々か?」

「瑯永!?」

のぞき込むように顔を寄せてきたのは、よく見れば、三つ年上の従兄である。立派な鎧に身を包み、荒々しい気配をまとった彼は、からっと笑った。

「驚いたな!　すっかり大人になって。本物の宮女みたいじゃないか。見ちがえた!」

獅苑よりひとまわり大きな、よく鍛えられた身体つき。自信にあふれた力強い微笑み。しかし今気がついた。まとう雰囲気はまるで異なるものの、ふたりの顔の造作は似ている。やはり半分とはいえ血のつながった兄弟なのだ。

璃々は瑯永にとりすがって訴えた。

「お願い、瑯永！　獅苑様を殺さないで、お願い！」

「そんなのはムリだ。おまえにもわかるだろう？」

「血を分けたお兄さんでしょう!?」

「関係ない」

無下に却下してくる相手に、切り札を出す。

「十二年前、悠舜皇子を助けたのは獅苑様よ」

「え？」

「あの方が、あなたを皇太后様の刺客から逃がして普家に預けたのよ！　獅苑様はあなたの命の恩人なの！」

「――――……」

さすがに無視できなかったのだろう。瑯永は顔をこわばらせた。

「胡獅苑は普家の姫の子。確かに……可能性としてはありうるが……」

「それなら……っ」

「いや、無理だ」

詰め寄る璃々を、彼は手で押しとどめた。

「これは叛乱だぞ。人民を苦しめ抜いた皇帝の斬首なくして終わらない」

「悪政は獅苑のせいじゃないって教えたはず！　彼は悪くない！」

「俺も書いたはずだ。帝位にあった以上、皇太后の乱行を止められなかった責任がある。何もできなかったことが罪だ」

「そんな……！」

「放せ！」

声を荒らげて言い放ち、卿永は璃々を振り払った。袖にしがみついてなお食い下がろうとする璃々を、別の誰かが引き離す。

「危険だ、下がっていろ」

「……賽？」

覚えのある声に振り向けば、切れ長の瞳が冷ややかにこちらを見下ろしていた。

卿永が意外そうに片眉を上げる。

「なんだ、おまえたち。知り合いなのか？」

「えぇ。長年ここで働いていたので」

表情を変えずに言い、賽は陽慶殿を見やった。

門から玄関まで敷石の敷かれた歩道が続き、その両脇に白い玉砂利が敷き詰められている。前庭のここは、屋根のついた高い塀に囲まれている。

中央に膝をつかされた獅苑の上では、今まさに、叛徒の剣が高々と振り上げられていた。

「やめてぇ!!」

そちらに走り出そうとする璃々の両腕を、賽がつかんで強く後ろへ引き戻す。暴れて叫ぶ璃々の視線の先で、その時。

鋭く空を切る音がして、剣を振りかざした男の背に、三本の矢が同時に突き立った。

見守る中、男は声もなく獅苑の脇に倒れ伏す。

「……え?」

硬直する璃々の耳に、賽が低い声でつぶやいた。

「落ち着け。陛下の勝利だ」

その言葉に呼応するかのように、次の瞬間、周囲を囲む塀の屋根から多数の兵士が姿を現した。等間隔に並んだ兵士たちは全員禁軍の鎧を身に着け、矢を構えている。

「罠か!?」

卿永の驚愕の叫び声と同時に、いっせいに放たれた矢が、前庭にいた叛乱軍の男たちに襲いかかった。逃げる場も、遮るものもない中で、矢は正確に敵だけを屠る。

三度にわたる斉射の後、生きているのは賽と璃々、卿永——そして獅苑だけになった。

さらに陽慶殿の門から兵を率いた李辰安が姿を見せる。

賽は璃々を置いて獅苑のもとに向かい、短剣を使って縄の拘束を解いた。

「ありがとう、賽」

自由を取り戻した獅苑が静かに言う。

「李将軍も——よくやってくれた」

そこに卿永のうめく声が重なった。

「……これは……」

辰安が応じる。

「緒戦から芝居だった。首領を含む叛乱軍の先陣だけを宮城内に引き入れるため、禁軍はあえて押されているふうに装ったのだ。事実、おまえたちは今、勝手のわからない宮城内で分断されているだろう？」

賽も続ける。

「そんな中、おまえだけはまっすぐここにたどり着くことができた。……俺がそれとなく先導したからな」

「バカな……」

「宮城内に散って右往左往していた叛乱軍は、潜伏して待ち構えていたこちらの部隊がほぼ殲滅した。残るは宮城の外にいる者どもだが――」

説明しながら、辰安はすらりと剣を抜いた。

「しょせん烏合の衆だ。頭を潰せば逃げていく」

「そんなバカな！」

瑯永は叫んで立ち尽くす。

ほんの少し前まで優位を確信していた彼は、それを突然ひっくり返されて、理解が追いついていないようだ。

もちろん璃々も同じだった。

（つまり賽は、獅苑様を裏切ったのではなくて、間諜として叛乱軍に潜入していたということ……？）

獅苑がゆっくり歩いて瑯永の前に立つ。

勝ち誇ることなく――それどころか眉根を寄せた沈痛な表情で、彼は淡々と口を開いた。

「十一年前……命を狙われていた悠舜を、死んだと見せかけて逃がし、協力者を通じて普家に預けた。『成長の暁には叛乱を起こすように育てよ』という言伝と共に」

そして大人になった悠舜が叛乱を起こした時、獅苑は皇太后を道連れに果て、悠舜と普家に帝位を遺すつもりだった。

思いもよらぬ告白を耳にして、誰もが息を呑む。

「私にとって悠舜は、皇太后を倒すための最後の希望だった。だが――」

獅苑はこちらに目を移した。

「璃々に出会ってしまった」

「獅苑様……」

「彼女を愛し、結ばれて、何もかも変わってしまった。――私の中に、彼女と生きたいという願いが生まれてしまった」

「……ふざけるな……」

話を聞いていた瑯永が茫然とつぶやく。獅苑はそんな異母弟を正面から見据えた。

「こうなったからには、叛乱を徹底的に潰した上で、私がこの手で良い国を作るしかない」

「ふざけるな！　そんなバカな話があるか！」

激した瑯永は剣を抜いた。

「俺が叛乱を起こしたのはおまえの思惑通りだっただと!?　だが事情が変わったから用なしになっただと!?　ふざけるな！」

罵声を受け止め、獅苑は厳かに告げる。

「許せ」

「よくもそんな世迷言を……！」

激高のまま獅苑に斬りかかろうとした瑯永の剣を、音もなく駆け寄った辰安が受け止めた。己の剣でなぎ払い、返す一撃で彼は瑯永の胴をひと突きする。

瑯永が音を立てて地に倒れ込んだ。鎧を貫通した刃がみぞおちを切り裂き、おびただしい血が流れ出す。璃々は思わず歩み寄り、その前で両腕を広げた。

「勝負はつきました！　もうやめてください……っ」

子供の頃から瑯永を知っている。長の息子として育てられた彼は、自分だけのためでなく、みんなのために生きる人だった。叛乱にしても、己の恨みや野望もあるだろうが、困窮する人々のため、より良い国を作ろうと立ち上がったこともまちがいない。

「この人はわたしの兄も同然。命だけは助けてください！」

両腕を広げ、必死にかばう璃々の前で、しかし獅苑は首を振った。

「この叛乱は皇帝か首謀者、どちらかの首なくしては終わらない」

苦渋のおももちで、感情を殺してつぶやく彼に向け、大きな声で訴える。

「手を取り合う未来もあるはずです！」

獅苑が望んで瑯永を死に追いやるとは思えない。ならばふたりで窮状を打開する選択肢もありえる。甘い考えかもしれないが、獅苑ならわかってくれる。その一心で言い募る。

「獅苑様……！」

懇願する璃々の背後で、苦しげなうめき声が上がった。

「胡獅苑。おまえは……っ」

肩越しに振り向けば、瑯永が血を吐きながら身を起こしている。

「おまえは……自分の名が、人々にどれほど憎まれているか、わかっていない。……叛乱はまた起きる。……俺が倒れても、誰かが立ち上がる……。何度も……何度でも……！」

力の入らない身体で、息をするのも苦しいだろうに、それでも憎々しげに獅苑を嘲笑する。

「おまえの治世に安寧はない！」

「やめて、瑯永……っ」

制止する璃々の前で、獅苑はかすれたつぶやきを漏らした。

「……ならばなぜ……」

噛みしめるような、震える声で彼は返す。

「ならばなぜ、璃々をここへ送り込んできた……？」

蒼白な顔でつぶやいた、次の瞬間。獅苑は賽の手から短剣を奪い、玉砂利を踏み鳴らして自ら瑯永のもとへ迫った。

「なぜ私に希望を与えた!?　なぜ私をあれほど悩ませた!?　彼女さえいなければ迷わずにすんだ！　苦しまずにすんだ！　――おまえを裏切らずにすんだ！　この命、喜んで国のために捨てたのに!!」

顔をゆがめ、獅苑は力の限りに叫ぶ。いつも穏やかな彼らしからぬ激昂に、皆が声を失う。

（獅苑様――）

彼の苦悩が鋭く胸に刺さった。

彼は自分が人々に憎まれ、恨まれていることがわかっていた。それでも生きたいと願ってしまった。心の中に生まれた迷いに惑わされ、道を違えてしまった自分を、おそらくずっと責めていた。

穏やかな微笑みの奥に、強く深く押し隠していた思いを感じ、璃々は瑯永に詰め寄る獅苑を、腕を広げて抱きしめる。

「それでも……っ」

激情に震える身体に、全身でしがみついて伝える。

「それでも、わたしは獅苑様に会えてよかったです。瑯永に感謝します……っ」

ここに来て、獅苑に出会って、心から誰かを愛し、愛される喜びを知った。それは途方もなく幸せなことだった。

人は幸せになりたいと願う生き物だ。それは誰もがごく自然に求めるもの。獅苑が欲してしまったのもまちがいではない。——体温と鼓動を重ね、まっすぐにそれだけを伝える。

「——……」

ややあって、獅苑は落ち着きを取り戻した。

大きく息をつき、彼もまた璃々の背中に腕をまわしてくる。しっかり抱擁し、瑯永に向けて言う。

「……私に歩めたのは、この道だけだった」

その瞬間、砂利が音を立てた。

かろうじて身を起こしていた瑯永が、うなり声を上げて剣を突き出してきたのだ。

気づいた獅苑は、璃々を抱擁したまま瑯永に背を向ける。

「——……っ」

「陛下！」

緊張を孕んだ辰安の声が鋭く響いた。

璃々の耳に獅苑の苦しそうな息づかいがふれる。え？　と思った時、彼は璃々に寄りかかるようにしてずるずると倒れ込んできた。

「……獅苑様？　獅苑様……!?」

自分より大きな身体を支えることができず、璃々も一緒に地面にしゃがみ込みつつ、獅苑の身体を敷石の上に横たえる。傷は背中だった。鎧を着けていない袍に剣が突き立ち、腹部から切っ先がのぞいている。またたくまに血の染みが広がっていく。

「獅苑様!!」

璃々は傷口を手で押さえ、半狂乱になって叫んだ。

「誰か！　誰か！」

その間にも、あふれ出す血が手をぬらす。

「陽慶殿に運び込め！　医師を呼べ！　急げ！」

辰安の号令を受け、兵士たちがすばやく駆け寄ってくる。恐慌状態の璃々を押しやり、傷口に布を当てて止血し、速やかに屋内へ運んでいく。賽がそれを先導する。

「獅苑様……！」

璃々も追いかけたかった。が、情けないことに腰が抜けてしまったようで足に力が入らない。

前庭の玉砂利の上にへたり込んでいた璃々は、涙にぬれた目であたりを見まわし――その瞬間に凍りついた。ぐぅ、と喉が鳴り、口の中に酸っぱいものがこみ上げる。

累々と横たわる叛徒の遺骸の中に、卿永を見つけたのだ。

璃々の右側に胴が、左側に首が転がっている。おそらく獅苑の危機を目の当たりにした辰安が斬ったのだろう。

「あぁ……！」

璃々は這って卿永の首に近づき、その前でうずくまって嗚咽をもらした。

同じ村で一緒に育った従兄である。尊敬していた。死なせたくなかった――

そんな璃々に、辰安が冷ややかに告げる。

「陛下はこれからも国のために血を流される。おまえは、あの方だけの味方でいろ。ふらふら心を揺らして中途半端なことをするな。あの方のためにだけ泣き、あの方のためにのみ他者に頭を下げろ」

「獅苑様は……？　助かりますよね……？」

涙を流して見上げるも、辰安は難しい顔だった。

「……助かってもらわねば、この国は最悪の状況になる」

皇帝も、叛乱の首領もどちらもいなくなったのでは、空になった帝位をめぐりまた戦乱が起きかねない。だが獅苑がここを生きのびたとしても、最悪の一歩手前の状況であることに変わりはない。

(これでもう、後に引けなくなった――)

形だけでも皇帝が叛乱軍と和解するという道はなくなった。話し合い、悠舜皇子を皇帝の補佐として迎えるなどして、手を携えて国を良いほうに導くという未来はなくなった。獅苑は国中の民に憎まれたまま、叛乱に悩まされながら、さらなる血を流して政を行うしかない。

(どうしてこんなことに……!)

すすり泣く璃々を、命の気配がなくなった卿永の目が無機質に眺めている。

こうして見ると、やはり顔立ちは獅苑に似ている。父親が同じ兄弟として、互いに冷静になって模索すれば、他の道がありえたかもしれないのに……。

そんな悔しさにくちびるを噛み、目を閉じた――その瞬間、璃々の脳裏を、天啓としか言いようのないひらめきが駆け抜ける。

思わず目を開いた璃々は、卿永の首を布で包もうとしている辰安の手に、自分の手を重ねた。

「なんだ？」

いぶかしげに問う相手に、震える声で自分の案を告げる。

鋼鉄のようにいつも表情を変えない辰安が、その時ばかりは大きく目を瞠った。

第六章

獅苑が目を覚ました時、まず目に入ったのは、うたた寝をする璃々の顔だった。

それだけでふわりと胸が温かくなる。

(私はどうして寝ているんだっけ……?)

叛乱軍を率いる悠舜と対面した。襲いかかってきた彼を辰安が斬り、それでも彼は獅苑への呪詛をはき散らした。それに対し、自分は「許せ」と応じた。そして――そして?

少し記憶が混乱しているようだ。

(とりあえず璃々が無事でよかった……)

おびただしい数にまで膨らんだ叛乱軍をまともに相手にするのは、禁軍といえど荷が勝ちすぎる。そもそも獅苑はこれ以上、無辜の民に犠牲が出ることを望まなかった。よって主導する者たちだけをたたいて追い払うよう李辰安に命じた。

都に迫った叛乱軍の先陣を宮城内に引き入れ、分断して悠舜を孤立させる案を考えたのは辰安である。作戦は、事前に悠舜の傍に送り込んでいた賽の協力もあり上手くいった。賽には、皇太后を失脚させた直後、この先も皇帝の傍で働きたいのなら役に立ってみせよと、いつか来る蜂起の日まで悠舜を監視する任を与えていた。

十二年前の裏切りに対する罰であり、償いの機会でもあった。彼もそう受け止めたのだろう。粛々と任をこなし、期待した通りにやってのけた。叛乱軍の内部事情を逐一報告してくれたおかげで、彼らの事情や動きが手に取るように把握できた。

鍵は、初手のうちに叛乱軍をどれだけ増長させられるかだった。まともな判断力が残っていては、禁軍の待ち構える宮城に突撃しようなどという無謀な真似には踏み切らないだろう。

よって、長年の安寧ゆえに禁軍もすっかり弱体化したふうを装い、味方をも欺いて罠を張った。そして獅苑は囮として――彼らが必ず獲りにくる王将として後宮に留まった。

辰安の作戦は見事に当たり、悠舜を――

(捕えた……？　ような気がするけど、今はどうなっているんだろう？)

そもそもなぜ自分は寝ているのか。

うつ伏せで横になっていた獅苑は、身を起こそうとした瞬間、全身を貫く激しい痛みにうめいた。

「うぅっ……」

声に気づいた璃々が目を覚ます。

「あ――誰か、お医者様をお願い……！」

彼女は部屋の外に向けて声を張り上げた後、背中の焼けつくような痛みにうめく獅苑を支え、ふたたび寝台の上にうつ伏せに寝かせる。

「横になっていてください。背中を刺されたんですよ。先帝に」

「え……？」

そこへ、従者を連れた医者がやってきた。

「陛下がお目覚めに？」

寝室に入ってくる初老の男へ、璃々は一歩下がって場所を譲りながら答える。

「はい。悠舜様はつい先ほど目を覚まされ、痛みを訴えておいでです」

「おぉ、そうですか。痛みがあるのは良い兆候です。傷が治りつつある証ですから。悠舜様、失礼します。傷口を拝見します」

（……どういうことだ？）

獅苑は困惑して璃々に目をやった。彼女は「後で説明する」とばかりの神妙な目線を返してくる。

医師は獅苑を悠舜だと思っているようだ。璃々もそれに合わせている。

（まさか――）

獅苑の中にある疑念が浮かび、心臓が音を立て始める。

処置を施した医師が去った後、璃々は寝台の脇に膝をついて、獅苑が悠舜に刺された後のことを話した。

辰安が悠舜の首を刎ねた。そして叛乱軍の首領の首として城門に晒す、と言った彼に、璃々が「それを獅苑様の首ということにしてはどうでしょう？」と提案したのだという。

思った通りの事態に、獅苑は枕に顔をうずめた。

「なんてことだ……」

「悪政を敷いた皇帝を倒して悠舜皇子率いる叛乱軍が勝利した、という形にすれば、民が喜ぶだろうと思ったんです。これからの政も以前よりやりやすくなるでしょうし、何より無用の叛乱を避けることができます」

「だが……顔が……」

「おふたりは、体型や雰囲気は異なりますが、お顔はよく似ておいでです。そもそも獅苑様は長く後宮にいらしたおかげで広く顔を知られていないので、疑う者はおりませんでした」

「そんなはずはない。他はだませても普家が――」

他でもない皇帝から弟皇子を預かり、次の皇帝になるべき人間として育ててきた普家は、当然獅苑の背信に怒っているだろう。

しかし璃々は決然と言った。

「普家はわたしが説得しました」

璃々は後宮に来て以来ずっと悠舜――ひいては普家に手紙を書いていた。よって彼らは最初から諸悪の根源は皇太后であり、獅苑には罪がないことを理解していた。さらに璃々は、獅苑は悪意をもって悠舜を殺したわけではなく、彼が獅苑を攻撃したために反撃されたという状況を説明した。

『卿永は国の再建を通して、平和で安全な暮らしを人々にもたらしたいと願っていました。それでもあなた方は獅苑様を偽者と騒ぎ立て、叛乱軍勝利の報に湧く人々を失望させ、新たな混乱を巻き起こすつもりですか？』

そう詰め寄った璃々に、彼らは反論できなかったようだ。加えて賽が、悠舜が開く新たな朝廷において普家の参加を求めたことから、何とか理解を得ることができたという。

「叛乱軍で卿永の近くにいた人たちの大半は、宮城内の戦いで命を落としていたので、そちらから暴露される心配もありません」

「璃々……」

「李将軍は先帝の斬首を受けて降伏し、潔く悠舜皇子に下ったため、罪を免じられたことになっています。獅苑様に従っていた者は大体その方向で恩赦を得る予定です」

「そうか……」

よどみない報告に目を伏せる。肝心な時に意識を失い、璃々につらい選択をさせたことが悔やまれてならない。だが、そうでなければこれほど完璧な事後処理になっていなかっただろうという思いもあった。

悠舜と自分とが入れ替わることを、獅苑も考えなかったと言えば嘘になる。だがさすがに踏ん切りがつかなかった。弟の人生を狂わせ、何もかも奪ったあげく、名前まで盗むつもりか――国のため、平和のためという口実で、そんな非道が許されるのか。

(だが最善の方法だ――)

いざその時になれば、自分も迷わなかっただろう。しかし一生、重い苦悩に苛まれることになる。その重荷を、図らずも璃々に押しつけてしまった後悔に胸が痛んだ。

「獅苑様……」

勝手なことをしたと考えているのだろう。不安そうにこちらを見上げる璃々に手をのばし、傍へ招く。

「世話をかけたね。大変だったろう」

そのとたん、彼女は跳ねるように獅苑に抱きついてきた。柔らかい身体を寄せ、彼女は振り仰いで目をうるませる。

「獅苑様の怪我が予想以上にひどくて、一命を取り留めたと言われるまで眠れませんでした。それからもなかなか目を覚まされなくて……、このまま死んでしまったらどうしようって、ずっと心配で、心配で……！」

声を震わせ、獅苑の肩に顔を押し当ててくる。獅苑はその頭に手を置いた。

「瑯永のこと、おまえもつらかったろう……」

彼女の細い肩がぴくりと揺れる。悲しみをこらえるように、彼女はいっそう強く頭を押しつけてきた。

「すまない……」

十二年前に皇太后に反旗を翻した時、協力して立ち上がってくれた者たちを、その家族まで巻き添えにして殺されたことで、獅苑はすっかり委縮してしまった。自ら戦う気概を持てなくなった。ひそかに逃がした悠舜に丸投げして、何かをした気になっていた。

「……私がまちがっていた」

悔恨をもらすと、璃々が顔を上げる。彼女もまた、深い後悔を湛えた瞳でささやいた。

「いずれ、後宮でわたしが暮らす宮殿の中に、彼のための廟を建てます。毎日、そこにお参りして許しを乞い、安らかに眠れるよう祈ります。獅苑様の分まで」

「璃々……」

「獅苑様の本意ではなかったとわかってます。彼にもそう伝え続けます。ですからこのことは、わたしにまかせてください」

にじむ涙を袖でぬぐいながら、璃々はひたむきに言う。見つめてくる眼差しは、自責に翳りながらも力強く輝いている。

「獅苑様は前に進んでください」

「璃々――」

獅苑の胸に、思わぬ感慨が湧き起こった。

(守らなければならない、ひとまわり年下の少女だと思っていたのに……)

保護者面をして、必要以上に気遣った自分をひどくまぬけに感じてしまう。彼女はすでにそんな時期を脱していた。

いま目の前にいるのは、ひとりの人間の犠牲を丸ごと受け止め、獅苑にまで余波を及ぼすまいとする大人の女。猫かわいがりする獅苑の腕の中にいても、彼女はいつの間にか自立し、獅苑の背負う罪の重荷を肩代わりするまでに育っていたのだ。

頼もしく言いきった璃々は袖で涙をぬぐい、気を取り直すように明るい声を出す。

「さぁ、まだ無理は禁物です。しばらくお休みください」

そして落ち着いた所作で立ち上がると、うつ伏せの獅苑に衾をかける。去っていこうとする気配を感じ、獅苑は思わず彼女の手を軽くにぎった。

「璃々――」

黙って見つめると、彼女は優しく微笑み、顔だけ起こした獅苑のくちびるに口づけを落としてくる。

「また来ます」

高価な衣裳や髪飾りを自然にまとい、さりげなくも美しい化粧をほどこして、しっとりと笑みを浮かべる璃々は、よく見ればまるで別人のようで。

「………」

気づけば、すっかり大人びた璃々の姿に、いい歳をして胸を騒がせる自分がいる。残り香だけを置いて彼女が去ってしまった寝室で、獅苑は枕に顔をうずめて動揺を抑えつつ、悩ましくも幸せなため息をこぼした。

「まいったな……」

獅苑の怪我は順調に癒え、乱から一か月もたった頃には立って歩けるまでに回復した。するとそれまで停滞していたことも一気に動き出し、にわかに忙しくなる。

悠舜として新たに即位するにあたり、やらなければならないことは山ほどあった。臥せっていた時から政策に関しては早々に仕事を始めていたものの、そこに即位式のあれこれが加わってくるためだ。

ちなみに後宮の宦官や宮女は、すでに全員入れ替えを終えている。これは璃々が全面的に采配した。

彼女に言わせると「叛乱軍が来るというので空になっていた後宮に、新しい人を入れただけです」とのことだったが、それに関しても、ひとりひとり身元を改め、先帝獅苑を知っている可能性のある者を慎重に排除したというから、なかなか大変な作業だったはずだ。

まだ公には妃嬪がいないため、その新しい後宮を監督するのも璃々の役目である。賽によると立派に責務をこなしているという。

璃々が先帝の妃のひとりであった点について、口さがない陰口をたたかれることもあるものの、彼女は悠舜から送りこまれた間諜であったという己の素性を明かし、そんな悪意をはねのけているそうだ。

李辰安をして「あの者を少々見くびっておりました」と言わしめた。

誇らしい気持ちがある一方で、彼女がどんどん自分の手を離れて行ってしまうようで、獅苑としては複雑な気持ちもあった。

実際、このところ璃々は憂い顔を見せることが多く、以前のように内心をさらけ出すことがなくなった。だが事情を訊こうにも、簡単に胸の内を読ませない。それが獅苑には口惜しい。

理由はわかっている。今、彼女の心の中には瑯永がいるためだ。

(彼を殺せばこうなることはわかっていた……)

獅苑としてもそこは弱点であるため、容易には踏み込めない。

瑯永の葬儀は、宮城内の祖廟でひっそりと行われた。出席したのは璃々と普家の者たちのみ。彼らが何を話したのかは知らないし、璃々がどう受け止めているのかもわからない。

だが彼女は誓い通り、毎日祖廟を参り、瑯永に祈りを捧げている。

そのことで、今まで獅苑が独占していた璃々の心を、一部とはいえ盗られたと感じるのはまちがいだ。たとえ狭量な独占欲が、不甲斐ない自分自身にたえず不満を訴えるにしても。

ばならない。

（後悔はしないと決めた――）

獅苑が責務に邁進できるよう、彼女が整えてくれた道なのだから。感謝して進まなければならない。

「どうかしましたか？」

夜も遅い時間。陽慶殿の居間で、璃々が不思議そうに声をかけてくる。

「今日はいつにも増してお疲れのよう」

茉莉花茶をいれる璃々をぼんやり眺めていた獅苑は、鬱々としたあさましい物思いを、笑顔の裏に押し込んで答えた。

「働いても働いても改善の兆しを見せない現状にめげそうになっていただけだ。……でもこうして璃々の顔を見ると元気になる」

「いつか必ず、皆が獅苑様の働きに感謝する日が来ます」

「そうだといいね」

「なります。獅苑様がこんなに頑張っているのですから、状況が好転しないはずはありません」

きっぱりと言い、彼女はお茶を獅苑の前に出してくる。香り高い茶を手に取り、ゆっくり口に含んでからホッと息をついた。

「おいしい……」

そう伝えると璃々は嬉しそうに微笑む。その顔を見つめ、獅苑は幸せを噛みしめた。

すべてはこのためだった。

この時間のために、獅苑は踏み出してはならない一線を越えた。後悔は様々にあるものの、もう一度璃々と初めて結ばれた日に戻れたとしても、きっと同じ選択をするだろう。

榻に座っていた獅苑は卓子にお茶を置き、璃々に手を差し出す。

「おいで」

彼女は促されるまま、大人しく獅苑の膝に座った。柔らかい身体を抱きしめ、そっとキスをする。くちびるがふれるだけのキスだ。茉莉花の香りがする。

軽いキスは璃々の好むものでもある。彼女は獅苑の肩に腕をまわし積極的に応じてくる。

ややあって獅苑はキスの合間につぶやいた。

「この先、璃々にはいつも笑っていてほしい。できれば私が笑顔にしたい」

「そうなっていると思いますが……」

さくらんぼのようなくちびるに指先を置き、獅苑は切り出す。

「瑯永について教えてくれ」

「え？」

「おまえの心の中にいる彼を知りたい」

問いに、璃々は困惑を交えて小首を傾げた。

「何か誤解があるようですが……」

「あの日からずっと塞いでいる。瑯永の死がそれだけこたえているんだろう？」

「それはそうですが……」

押し黙ってしまったくちびるに、獅苑はふたたびキスをする。璃々と自分はしっかり心が結びついていると思う。それでも。

「……本音を言おうか」

「はい」

「瑯永を好きになれない」

「え？」

「普家に守られて自由に育ち、好きに己を磨き、望み通りの力を得て、その気になれば簡単に璃々を幸せにできる立場にありながら、安全かどうかもわからない後宮へ送り込んできた。いやな男だ」

「でもわたしは……！」

突然さらけ出された本音に、彼女は目を丸くした。

「そのおかげで獅苑様に会えました。彼に獅苑様の真実を伝え、和解するよう訴えることもできました。ただ……瑯永と獅苑様が手を組めば、きっとこの国はもっとよい方向に進んだのではないかと思います。それだけが心残りで、自分を責めずにいられないのです。塞いでいるというのなら、きっとそのせい」

「それだけ？」

「はい。瑯永のことは兄のように尊敬していましたが、それだけです。も、もし、獅苑様が、彼に嫉妬なさっているのなら……その必要はまったくないというか……」

璃々がうっすらと頬を染め、目を伏せる。可愛らしく動揺する彼女をもっと見たい。

獅苑は赤く染まった頬に口づけながら、彼女を追い詰めた。

「あぁ、妬ましいね。まったくおもしろくない。私が政務でいない間、璃々に毎日祈りを捧げられているかと思うと」

するとと璃々は大まじめに返してくる。

「毎日、『一日も早く恨みを水に流して獅苑様に手を貸してください』って祈っています。止めるわけにはいきません」

譲るつもりはないと言わんばかりの主張に、獅苑はむぅ、と押し黙る。が、表面上は反発を押し殺し、意識して微笑みを浮かべた。

　こういう時、感情を露わにして相手を責めるのは悪手だ。年長者の功ですばやく判断し、作戦を変える。彼女の心も身体も、髪の毛の一筋まですべて獅苑のものであってほしい。それをわかってもらうには身体に訴えるのが一番。

「いい？」

　色めいた目つきでそっと訊ねると、彼女はうれしそうに小さくうなずいた。

（罠とも知らずに――）

　獅苑は胸の中でほくそ笑む。彼女を榻に押し倒し、襦裙と内衣《したぎ》を脱がしていく。開いた合わせからこぼれ落ちる白い胸元は、この一年で明らかに大きくなった。獅苑はたっぷりとした双乳をたなごころで包み込み、いつもよりも強い力で揉みしだく。

「あっ、ん……っ」

　璃々があえかな声をもらす。

　白い柔肉が指の形にひしゃげるのを見て、わずかににじむ苛立ちを察したのか、彼女は不安そうに見上げてきた。獅苑は微笑を浮かべたまま見つめ返す。

　不安になればいい。自分の言葉が獅苑にどのような影響をもたらすのか考え、心をすませて獅苑の真意を知ろうとすればいい。

　胸から脇、腕、わき腹、下腹と、あえて不機嫌を隠さない手つきで全身をなでまわし、口づけて無遠慮に印をつけていく。すると初めは身を竦めていた彼女も、徐々に肌を火照らせ、身悶え始めた。

「獅苑様……」

「愛してるよ、璃々――」

何がどうあれそれだけは真実だ。獅苑は彼女の脚の間に頭をうずめた。とたん、それまで陶然としていた璃々がうろたえる。

「あ、ま、待って……っ」

いつも彼女は、それを苦手だと言う。が、実は羞恥ゆえにそう振る舞っているだけで、決してきらいではないことに獅苑は気づいている。彼女が隠そうとしているため知らないふりをしているだけだ。

よって今はひとかけらの手加減もなく、蜜を湛えた花びらを左右に押し開いた。愛らしい薄紅色の花芯が莢から露わになる。手荒い愛撫にもいじらしく勃《た》ち上がったそこを、獅苑は愛おしい気持ちを込めて口に含んだ。

充血して硬くなった粒を舌で転がし、押しまわす。そのとたん、璃々はビクビクと腰を躍らせ、甘い声を張り上げた。ねっとりと、こってりと、舌先で徹底的に舐りながら、蜜口に指を挿し入れたところ、淫路はたちまち指に絡みついてくる。締めつけ、奥へ引き込もうとする中を焦らすようにかきまわし、腹側の壁にある性感を指の腹で捏ねるように押し上げると、彼女は背筋をきつくしならせ、ひときわ高い声で啼く。

ほどなく、璃々は全身を弓なりに反らししたまま、激しく痙攣して果てた。荒い息に胸を上下させ、くったりと榻に横たわる彼女の脚を開かせた獅苑は、了解も得ず、激情にいきり立った自分のものをねじ込んでいく。

「あぁぁっ……！」

おののきながらも官能に蕩けた声が腰にくる。

口淫と手淫に熟した蜜路は、待ちかねていたとばかりに獅苑の欲望を根元まで飲み込んだ。とろとろの媚肉が吸いつくように絡みつき、さらに深くまで引き込もうとする。璃々もまた、誘うように腰をくねらせる。しかし獅苑は動きを止めたまま応じない。

「私をほしがっておくれ、璃々」

心の中に他の誰も入り込む余地がないくらい、彼女はいつも獅苑のことを考え、求めるべきだ。瑯永の名前が出るたびに生じる子供じみた独占欲を、自分でも持て余しながら、むせび泣く璃々の反応を待つ。

いつもはしない一方的なやり方に、彼女は涙目を向けてきた。

「獅苑様……っ」

「もっと」

もっと心からほしがってもらいたい。その意を察したのか、璃々は蜜路をうねらせて中のものを締めつけながら、色っぽく腰を揺らす。

「獅苑様、お願いです……っ」

「……っ、もっと気持ちを込めて」

なまめかしい誘いに息を乱しつつも煽ると、彼女は身を起こして獅苑のくちびるを奪ってきた。

くちびるを重ね、舌でくすぐるように舐めてくる。そして熱くうるんだ眼差しで上目遣いに見つめてきた。

「この世の誰よりも愛しています、獅苑様……」

そうささやくや、獅苑の口の中に舌を入れてくる。熱く柔らかな感触は大胆に獅苑を追いかけてきた。鷹揚に待ちかまえる獅苑のものに絡みつき、ぬるぬると舐って煽り立ててくる。一年前の、肌を重ねることにいちいち緊張していた少女はもういない。獅苑の好みを知り、こちらの欲求をかき立てることのできる恋人がいるのみだ。

気づけば音を立てて互いを求め合い、唾液を啜り合っていた。濃密な交歓はどこまでも下腹を熱く疼かせてくる。

(だが——)

淫蕩な口づけは美味である。しかしこれだけで許すかどうかは思案のしどころだ……と考えた、その矢先。口づけを解いた彼女が、この上なく淫靡にささやいた。

「わたしにわからせてください。わたしが誰のものであるのか……」

媚びを含んだセリフは、同時にどこか挑発的でもあった。情交で無理やり言わせた言葉に意味などないと、言外に匂わせてくる。

(————……っ)

これは誰だ。

そう考えながら、頭のどこかで自制心が弾けた。ただ目の前の身体を貪りたいという欲求一色に思考を塗り替えられていく。

「望むところ——」

一声うめくと、獅苑は餓える衝動のまま、彼女が感じてたまらない場所に深く突き入れてやった。璃々は切なく仰け反って歓びに啼く。これまでになく妖艶な痴態に煽られる思いで、獅苑はあえて手加減を放棄した荒々しい律動をくり返した。深すぎる濃艶な快楽に翻弄された璃々は、淫らな悲鳴を上げながらも、貪婪に腰を振っている。乱暴な突き上げにも動じる様子はまったくない。これまでのように恥じたり、ひるんだりすることもなく、ただ一心に獅苑を欲しがっていた。淫猥な蜜洞は、屹立を引けば切なく絡みつき、押し込めばどろどろに蕩けきって奥まで飲み込む。強く腰を打ちつける打擲音と、蜂蜜をかき混ぜるような粘ついた音が高く響いた。感じきってよがる璃々にも、強欲な蜜路にもどちらにも理性を奪われ、獅苑は最奥をくり返し穿つ強い突き上げを夢中になって続ける。快楽に暴れる腰を押さえつけ、何度も欲望を叩きつける。

それをどれほど続けたのか――ある瞬間、璃々はついに細く尾を引く嬌声を響かせ、全身を戦慄かせて昇り詰めた。深く咥え込んだ欲望を、食いちぎられるかと思うほど締め上げられる。気が遠くなりそうな快楽を覚え、細腰を引き寄せたまま獅苑も欲望を吐き出す。

はぁはぁと上がりきった呼吸に我に返れば、獅苑はしたたるほどに汗をかいていた。それだけ普段よりも激しい情交だったということだ。

「り、璃々……っ、すまない……っ」

彼女の様子をうかがう前に、達したばかりの蜜路が弛緩し、ねっとりと蠢き始めた。まだ足りないとでもいうかのように、獅苑のものを奥へ引き込もうと、卑猥にうねり始める。

抜こうとした矢先の刺激に、欲望は正直に反応した。芯を持ち、むくむくと頭をもたげ始める。

「ん……っ」

蠢動する淫路の気持ちよさにうめきながらも、獅苑は璃々の頬に手を当てた。

「璃々、大丈夫？　乱暴にしてしまって――」

申し訳ない、と謝ろうとした時。彼女の豊かな胸が大きく上下していることに気づく。

スースーという気持ちのよさそうな寝息も聞こえてきた。

「え……？」

どうやら激しい絶頂のあまり気を失い、そのまま寝てしまったようだ。

「――……」

あどけない顔ですやすや眠る璃々を、獅苑はしばしあ然と見下ろした。やがてくすくすひとりで笑い始める。

(変わらない。璃々は変わっていない……)

自分が知る、ひとまわり年下のかわいい恋人が、今はそこにいた。

額に小さな口づけを落とし、獅苑はまだ元気なままの自身を引き抜く。さすがに寝ている相手の中で、勝手に致すわけにもいかない。しかたなく、獅苑はしどけなく眠る璃々の裸身を眺めながら、自身を手で扱いて終わらせた。

自業自得と言われればそれまでだが、苦笑するしかない。しかしこんなしょうもない場面にも幸せを感じてしまう。

正体なく眠り込む璃々を、湧き上がる愛おしさと共に見下ろす。

「出会って四年もたつというのに、いまだに毎日おまえの新しい顔を知り、毎日恋に落ちている――」

寝台近くに備えている半紙で璃々の身体を清めてやりながら、獅苑は記憶の中の瑯永に向けて告げる。

(許せ。帝位も璃々も私のものだ――)

相対したのは、たった五分ほど。それ以外の彼は知らない。それでも彼が納得しないであろうことは容易に想像がついた。この罪悪感はおそらく死ぬまでついてまわる。それでも。

(璃々を幸せにし、自分も幸せになる。踏みつけた者たちの分まで……)

国を良くすることに身を捧げ、できる限り多くの民に豊かさと平穏をもたらし、一生かけて償う。必ず。

寝息をたてる璃々を見下ろしながら改めて誓い、獅苑は彼女に毛布をかける。次いで自分も隣に横たわると、彼女の身体を抱きしめて眠りについた。

エピローグ

芍貴妃と牡淑妃のふたりは、新帝の口利きによりそれぞれ良い縁に恵まれ、ほどなく結婚が決まった。

後宮を去った元四妃に真実は伝えられていない。しかし璃々の態度から当然察しているだろう。十五年前に獅苑が即位して間もなく後宮入りしたふたりは、「この年になってこんな展開になるなんて！」と驚きつつ喜んでいた。

蘭賢妃は、進退の希望を訊ねた獅苑に仏門に入りたいと望んだそうだ。俗世を離れ、静かに勉強をして暮らしたいという彼女の希望ももちろんかなえられた。

賽は皇帝の最側近に返り咲いた。

そもそも彼は、獅苑が怪我で倒れて人事不省に陥っていた間、八面六臂の大活躍を見せた。他の追随を許さない働きぶりは、決して皇帝の腹心の座を他の者に譲るまいという気迫に満ちていた。

また璃々もそれに大変助けられた。目を覚ました獅苑にそう伝えたところ、「それも賽の作戦の内だろう。私が璃々に弱いことを、あいつは一番よくわかっているから」と苦笑していた。

彼は望み通り、公私ともに皇帝に最も近く仕える内侍監となり、宮廷で並ぶ者のない権勢を振るいながら、同じく璃々を介して皇帝に取り入ろうとする普家と熾烈な攻防をくり広げているという。

李将軍はこれまで通り、禁軍を束ねる立場で新帝を支えている。妻との間には、早速子供ができた。

そして璃々は、本日芍貴妃の婚礼に招かれ、新たな人生の幕開けを元四妃である他の三人と共にお祝いした。

もちろん、夜になって後宮に戻ってきた獅苑に、茉莉花のお茶をいれつつ子細もらさず報告する。

「李将軍は、夫人が臨月になったら長いお休みをもらおうと考えているそうです。初めての子が生まれる瞬間を、絶対に逃したくないと仰っているとかで」

「へぇ」

「というわけで夫人から根まわしを頼まれました。陛下、その際にはお休みを許可していただけますね？」

窓際の榻に腰を下ろした獅苑は、目元をほころばせて軽く応じる。

「どうしようかな」

「獅苑様！　ここで否と言ったら李夫妻が叛乱を起こすかもしれませんよ？」

「それは困る」

彼は笑いながら手をのばしてきた。璃々の手を取り、引き寄せて膝に乗せる。

「もちろん、夫人のためにも好きなだけ休んでもらおう」

「安心しました」

膝の上の璃々を、彼は後ろから抱きしめ、お茶の傍にあるお菓子をつまんで口元にあてがってきた。

「おあがり」

璃々はくすりと笑い、口元にあてがわれた菓子を自分でつまむ。

「ありがとうございます。でもわたしはもう、お菓子をひとりで食べられます」

「そうか……」

小さな菓子を自分で口の中に放り込み、もぐもぐしていると、肩口で獅苑がため息をつく。

「少しさみしいな。大人になるのはいいことなのに、子供の頃の君が懐かしいと感じてしまうのは、きっと私の勝手な懐旧なんだろうね」

「おそれおおいことです。子供の頃は、陛下に対して失礼な物言いばかりしていましたのに……」

「でもそこがよかった。私に対して物怖じせず、気ままに振る舞う君の自由さが好きだったよ。時々たまらなく懐かしい」

「えっ!?」

しみじみと言われ、璃々は思わず後ろを振り返った。

「獅苑様のために、ふさわしい大人になろうって頑張っていたんですけど……」

「そうなの？」

「はい。賽も李将軍も、皇帝の傍にいたいなら、それなりの振る舞いをしろってわたしに言ってきたので……。淑やかで落ち着いていて、非の打ちどころのない貴婦人でなければ誰も納得しない。ひいては陛下が恥をかくって、もっともらしく言われたので、最近は必死に肩ひじを張っていたのですが……」

「おやおや」

「賽なんか『そうすればきっと陛下も見直して、惚れ直しますよ』とか言っていました。嘘つき！」

「うん。やっぱりそのほうが私は好きだな」

むくれる璃々に彼はくすくす笑う。

「素のままの璃々が好きだ」

くり返し「好きだ」と言われて照れてしまう。

「じゃあ……ふたりの時は、これまで通りにします……」

小さな声で答えると、獅苑はまた抱きしめてきた。そのまましばらく、言葉もなく互いの体温を感じ合う。と、夜風が流れるのと同時に、ふわりと甘い香りに包まれた。

「なんだかいい香りがします」

「あぁ、梔子が咲いたんだろう」

窓際の榻からふたりで窓の外を見る。室内から漏れる明かりに、白い花が浮かび上がっている。璃々はふと、一年前にもこうして同じように梔子の花を眺めたことを思い出した。

「……来年、またいっしょに見ようという約束、守れましたね」

「あぁ。次も、その次の年もずっと一緒に、と言ったな」

優しく応じながら、獅苑は璃々と向かい合う。そしてきょとんとする璃々に、おもむろに切り出してきた。

「璃々、正式に結婚してほしい」

「はい？」

耳にしたことに驚いて目をしばたたかせる。現在、璃々は徳妃という立場にある。他に妃がいないため、最高位ということになっている上、後宮は事実上、璃々の管理下にある。

「改めて結婚というのは……」

「皇后になってほしい」

「皇后に!?」

璃々は今度こそ目をむいた。皇后は皇帝と対等の立場にある正妻。あくまで妾妻にすぎない妃嬪とは根本的に異なる、特別な立場である。

しかしその分、選ぶ際には複雑に政治が絡んでくる難しい問題でもある。

しばし考えて、璃々は不安に眉を寄せた。

「あの……普家に何か言われました？」

賽と権勢をめぐって争っているという一族の企みか。もし政治的な理由で獅苑に圧力をかけているというのなら見過ごせない。

決然と言う璃々に、彼はフッと笑った。

「ちがう。そうじゃない」

「では……」

「以前から、叛乱を乗り切ったらそうするつもりでいたんだ。いざとなれば実力行使で押し切ろうと思っていたけれど、このところの晋家の隆盛は著しいし、璃々もめざましい活躍を示してくれているので、おそらく各方面に問題なく認められると思う」

「獅苑様……」

「私がそう望んでいるんだ、璃々。おまえが私の特別な女性であることを世に示したい」

「————……っ」

まっすぐな告白に、璃々は感動のあまり言葉もなくうなずいた。何度もうなずいて獅苑に抱きつく。

「うれしい……！」

彼もまたホッとしたように璃々の背に腕をまわしてきた。

「肩を並べて梔子の花を見る。璃々との、この時間を守りたい」

熱を込めた瞳で間近から見つめ、真摯にささやいてくる。

「この時間だけがあればいい……」

「わたしも。毎日獅苑様のお顔を見て暮らせる。今が一番幸せです」

うっとりと目を閉じた璃々のくちびるに、軽いキスが降ってくる。

思いを伝え合う甘いキスをくり返すふたりを、梔子の香りがやわらかく包み込んできた。

あとがき

こんにちは。最賀《さいが》すみれと申します。この度は『諦観《ていかん》の皇帝は密偵宮女を寵愛する』をお手に取っていただき、ありがとうございます！

著者好物の歳の差ものです。子供だとばかり思っていた少女がいつの間にか大人になっていたことに気づいて戸惑うヒーローを、皆様にも美味しく召し上がっていただければ幸いです。

イラストは墨《すみ》さん。キャラララフの時点で「イケメン来たー！」と騒ぎましたですよ……。璃々《りり》の顔も、成長に応じて少しずつ変わっていく点を丁寧に描いていただきました。ありがとうございます！

また今回、タイトルの件で担当様はじめ編集部の皆様に大変お世話になりました。感謝です。

そしてそして数ある作品の中から拙作を読んでくださった皆さまへ、心からお礼を申し上げます。

次作でもお会いできることを祈りつつ。

最賀すみれ

Sonya ソーニャ文庫

この本を読んでのご意見・ご感想をお待ちしております。

◆ あて先 ◆

〒101-0051
東京都千代田区神田神保町2-4-7 久月神田ビル
㈱イースト・プレス　ソーニャ文庫編集部
最賀すみれ先生／墨先生

諦観《ていかん》の皇帝《こうてい》は密偵宮女《みっていきゅうじょ》を寵愛《ちょうあい》する

2024年1月9日　第1刷発行

著　　者　最賀《さいが》すみれ
イラスト　墨《すみ》
装　　丁　imagejack.inc
発 行 人　永田和泉
発 行 所　株式会社イースト・プレス
〒101－0051
東京都千代田区神田神保町２－４－７ 久月神田ビル
TEL 03－5213－4700　FAX 03－5213－4701
印 刷 所　中央精版印刷株式会社

ISBN 978-4-7816-9761-1
定価はカバーに表示してあります。

Sonya ソーニャ文庫の本

『寡黙な近衛隊長は雄弁に愛を囁く』　最賀すみれ

イラスト　如月瑞